# El recado de la mujer holandesa

# El recado
## de la
## mujer holandesa

Isabel García Cintas

*La distinción entre pasado, presente y futuro es solo una ilusión obstinadamente persistente.*

*Albert Einstein*

$\mathcal{A}$msterdam me recuerda a Tessa, la mujer que no llegué a conocer en persona, y que un día fue capaz de contactarme a través del medio siglo que nos separaba.

Tal como yo la imaginé al leer su precisa letra cursiva, caminando por calles de fotografía en sepia, un poco borrosas. Como las que salían en los diarios de su época. Joven, inexperta y aterrada ante los síntomas de descomposición que comenzaban a darse a su alrededor y dentro de su propio hogar.

Esta vez fue ayer, en la revista Time Magazine. Era un artículo que mostraba fotos de unos artesanos trabajando en una casa cualquiera de la capital holandesa. Estaban en un cuarto viejo de paredes altas, impersonal y monocromo. Tal como me imagino que debe haber sido el lugar donde ella vivía cuando empezó todo lo que voy a contar. Donde compartió algunos de sus años de recién casada con el hombre que comenzó a aterrorizarla. Allá por la época en que Tessa apareció en mi vida, hablándome desde cincuenta años atrás. Desde marzo de 1941 y con palabras que me erizaron la piel:

*"Mi existencia no es nada. No tiene objetivo ni razón de ser. Todo está invertido en mi mundo. Mejor terminar de una vez. Con él y conmigo. Dos seres sin ningún valor. Hoy, apenas me quedé sola, acomodé con cuidado mis papeles, destruí lo que no quería que alguien viera. Limpié el*

*departamento con esmero y me hice un fuerte té de tilo. Entonces, con calma, me dispuse a preparar el veneno para ratas que compré tiempo atrás. Tengo todo listo para esta noche. Y, cosa extraña, no tengo miedo de morir. Al contrario. No creo en el castigo eterno. Por eso no temo cometer lo que me enseñaron es un pecado mortal, y por partida doble. El infierno está aquí, entre nosotros. Anhelo un poco de paz, y el silencio de la tumba, visto desde esta miserable vida, es un futuro atractivo".*

La razón por la que Tessa me eligió como destinataria de esta íntima confidencia y todas las que aparecieron antes y después de ella, es menos inexplicable que la forma en que llegaron a mis manos.

A pesar de los años, de las racionalizaciones y terapias, todavía siento un fuerte lazo de unión con Tessa. Es lo que se siente por una amiga íntima, aunque no nos hayamos visto nunca. Una amiga que necesitó un hombro donde apoyarse. Ella me eligió para que yo la acompañara en su huida, cruzando un continente en una época de desolación y muerte. Para ser una testigo silenciosa de la historia que le tocó vivir. Receptora pasiva durante meses del inesperado mensaje que yo debía transmitir a quienes quedaron.

Todo empezó después de que Juan Carlos y yo bajamos de aquel avión que nos trajo de Miami a Buenos Aires, en marzo de 1991. Por aquel entonces yo aún escribía mi diario íntimo y, además de tener solo veintitantos años, poseía ideas bien firmes y claras, fe en la certeza de mis juicios y una concepción empírica del mundo visto a través de mi lente de científica. Una concepción tan nítida como las células o bacteria que analizaba en la probeta del laboratorio.

Hasta el día en que abrí aquel viejo diario que cambió en corto tiempo y por completo mi hasta entonces prolijo y estructurado mundo.

# Marzo

*Domingo 3 de marzo, 1991*

Todo a mi alrededor tiene en este momento una cualidad casi irreal. Se podría decir que flotamos sin peso en el espacio, si no fuese por esos trozos de nubes blancas allá abajo, que vamos dejando atrás a una velocidad escalofriante, alrededor de ochocientos kilómetros por hora. Cualidad irreal que es más extraña aún para nosotros dos, en esta circunstancia especial de nuestras vidas, moviéndonos entre un mundo que dejamos y otro al que nos dirigimos, mientras que en este instante no pertenecemos a ninguno de ellos. Suspendidos entre dos idiomas. Entre dos ciudades: Una, Raleigh, que ya pasó a ser un recuerdo. Memorias que tejimos durante veinticuatro meses, lentamente, hora a hora, además de las innumerables fotos y cientos de páginas escritas que nos llevamos condensados en un pequeño *floppy disk* de computador. La otra, Buenos Aires, a la que vamos con expectativas y a la que creemos conocer porque estuvo (y está siempre) presente dentro nuestro, apuntalada por la nostalgia a la que nos aferramos para tener una pertenencia, una raíz y un referente emocional durante más de dos años. Veinticuatro meses pasados en la ciudad ajena, a la que por falta de tiempo no llegamos a integrarnos, a sentirla nuestra.

Recién levantaron las bandejas de la cena, redujeron las luces y Juan Carlos se preparó para dormir. Yo abrí un libro, pero mi mente deambula y las palabras impresas esta vez no pueden atraparla. A medida que el rumor de los pasajeros se aquieta en la cabina, algunos rayos naranja del sol que está bajando del otro lado del avión hacia el horizonte se cuelan aquí y allá por las diminutas ventanas. Pronto oscurecerá y antes del amanecer del nuevo día bajaremos en la tierra que tanto hemos añorado y a la que tanto hemos deseado volver.

Tal vez por todos esos pensamientos que no me permiten concentrarme en una lectura de ficción, retomo este diario, al que descuidé por tanto tiempo, apremiada por las experiencias que, de puro vivirlas, no me dieron tiempo a volcarlas en el papel. Ni tiempo a reflexionar sobre ellas.

Los días de descanso en Miami, aunque fueron pocos, nos hicieron muy bien. Fue un alto en la ruta del esperado regreso que a veces se nos hacía lejano, planeándolo frente al fuego del hogar durante las noches de este último invierno. En particular a mí. Nuestra mudanza a North Carolina hace más de dos años fue un corte, un desgarre de la vida organizada que llevábamos antes, en la capital, y que yo exterioricé en mayor medida que Juan Carlos. Ahora que lo pienso, de los dos, siempre soy yo la primera en manifestar abiertamente y de antemano las emociones.

Al abrirse las puertas automáticas del aeropuerto de Fort Lauderdale la tarde que llegamos a Florida (hace menos de dos semanas!), el aire caliente y húmedo me sorprendió y tuve que aspirar hondo para llenar los pulmones. Llevó un rato habituarse, pero ese mismo aire tropical resultó un bálsamo para nuestro agotamiento después de tantos meses de trabajo y estudio continuo. En Miami todos, o casi todos, hablan castellano. Fue como estar con un pie en el norte y otro en el sur del continente, con las ventajas de los dos. La música, la gente, las comidas, todo nos resultó grato, interesante y curioso, y hoy subimos al avión bronceados por el sol y llenos de energía, listos para emprender el último tramo de la ruta.

Vuelvo a las imágenes recientes, a la despedida que nos hicieran los compañeros de trabajo en el laboratorio. La camaradería y los buenos deseos, el intercambio de domicilios y teléfonos, y hasta alguna que otra lágrima mía al decirles adiós. ¿Acaso atisbos de nostalgia? Me siento una experta en eso.

Raleigh, donde trabajamos durante la beca, es una ciudad norteamericana pequeña, prolija y parte de un triángulo tecnológico en pleno desarrollo. Juan Carlos se adaptó rápido a la localidad y a la gente, a pesar de los tropiezos que tuvimos los dos con el idioma durante los primeros meses. No fue fácil captar los acentos locales y el inglés norteamericano. Qué gracioso, pensar que él y yo nos conocimos mientras estudiábamos en la facultad, haciendo cursos los fines de semana en un instituto británico. Pero en el sur de los Estados Unidos tuvimos que descifrar una pronunciación distinta, y tardamos un tiempo en hacernos entender. Aunque no éramos los únicos extranjeros y muchos tenían las mismas dificultades, o peores, que nosotros.

Ahora que nos acercamos a nuestra tierra siento como si no fuésemos los mismos que partieron de Ezeiza llenos de entusiasmo, planes e incógnitas en enero de 1989. Esta fue una experiencia transformadora para los dos, y muy buena para nuestras carreras científicas. Sé que vamos a extrañar a los pocos y buenos amigos que hicimos allá en el norte. Quién sabe cuándo volveremos a verlos.

Se me cierran los ojos. Mañana seguiré. ¡Desde *nuestro* departamento!

## Miércoles 6

El regreso a Buenos Aires, o, para explicarme mejor, cómo encontré las cosas al volverlas a ver, resultó nuevo para mí. Yo traía imágenes nítidas en mi memoria, pero la ciudad, si bien está igual en apariencias, al mismo tiempo no es la que dejamos. Desde la ruta que nos trajo de Ezeiza y a través de la ventanilla del taxi, los espacios ya eran otros. Como si la dimensión de las cosas en mis recuerdos no coincidieran con lo que mis ojos registran ahora. Me dio mucho qué pensar sobre la particularidad de la memoria. Si solo dos años ya distorsionan así las imágenes que tengo de recuerdos tan recientes, no quiero pensar lo que serán diez, o veinte años de ausencia...

Buenos Aires está linda, ruidosa y agitada, como siempre. El departamento de Palermo está en buenas condiciones, tal como Horacio nos prometiera, testamento a su capacidad de administrador. Tuvimos suerte, los inquilinos lo cuidaron. "Solo hace falta darle una mano de pintura blanca este fin de semana", sentenció Juan Carlos, "y después pensaremos en la decoración". "Por ahora estos pocos muebles que dejamos aquí nos bastarán" agregué yo, feliz de haber vuelto.

Horacio, orgulloso de su trabajo en nuestra ausencia, nos había comprado un colchón nuevo para el juego de dormitorio y algo de ropa de cama y toallas para salir del paso. Me puse un poco nostálgica mirando las paredes vacías. "No parece del todo nuestro" suspiré. "Cuando lleguen las cajas que mandamos va a tomar forma de hogar otra vez", dijo Juan Carlos para levantarme el ánimo y se puso a silbar un bolero, invitándome a bailar. Terminamos riendo, como siempre, y nos fuimos a cenar al viejo restaurante de la esquina. Ahí encontramos otra cara conocida: "A ustedes los esperaba ya, ¿volvieron para quedarse?" dijo Raúl Palumbo, el mozo que nos había servido más de una cena antes de irnos. "Si, estamos de vuelta," lo saludamos con un apretón de manos, y él, con ojos brillantes, sonrió: "Ya le dije al dueño, yo nunca pierdo un cliente". El gesto cálido me hizo sentir un poco más en casa.

Después de ver a los amigos, tendremos que reintegrarnos al trabajo de investigación cuanto antes. Ya nos pusimos en contacto con Martínez, que nos llamó para darnos la bienvenida. "¿Cuándo piensan que pueden empezar?" Fue la primera pregunta después de los cumplidos. Martínez es así, un tipo bonachón pero muy meticuloso. "Tenemos todo organizado por acá," dijo. *Acá* es el laboratorio. Nosotros traemos un caudal de experiencia importante y ellos tienen un proyecto en pleno desarrollo, así que estamos muy interesados. Pero ¡que nos dejen respirar, por favor! Revoleando los ojos le pasé el tubo del teléfono a Juan Carlos. Él le dio una excusa que por suerte nos dará tiempo para organizarnos.

Ah, olvidaba comentar que el día de nuestra llegada hablé con mamá y me dijo que ella y papá harán un viaje corto para vernos muy pronto. Estuvimos en la línea charlando casi una hora. Cuando mencioné que íbamos a contactar a los Beltrán para retirar las cajas con nuestros archivos del altillo de la casa, ella quedó en silencio un momento. Y yo me anticipé, sabiendo su pena: "Mami, otra vez te lo digo, lamento tanto lo que le sucedió a Paula". Ella sollozó un rato y habló con voz ahogada: "Gracias, hija. Quería decirte que Silvina recibió la tarjeta de pésame que le enviaste. Ya sabe que están en Buenos Aires, así que le dije que pronto la llamarías". "Gracias, mami. Te quiero mucho" La voz se le ahogó en sollozos otra vez, y yo traté de distraerla, cambiando de tema. Es que Paula Beltrán, su amiga íntima, murió hace dos meses de un repentino ataque al corazón. Nadie se lo explica, porque era una mujer activa y sana. Tal vez por eso a mamá le cuesta tanto aceptarlo. Para cuando cortamos la comunicación estaba más tranquila y con la mente en otros temas. ¡Cómo los extrañé todo este tiempo, a ella y a papá! No veo la hora de abrazarlos.

Juan Carlos también llamó a los suyos, que viven en Rosario. Les haremos una visita apenas podamos. Ellos viajaron a vernos y pasaron con nosotros la última Navidad allá en el norte. Fue muy lindo tenerlos cerca por un par de semanas.

Ahora, para organizarnos de una vez, tenemos que contactar a Silvina Beltrán. Pobre Silvina, cuánto debe estar sufriendo por la ausencia su madre. En su casa dejamos al partir nuestros libros de texto y algún material de trabajo que ahora vamos a necesitar, además de papeles personales, en dos o tres cajas.

*Jueves 7*

La vuelta al laboratorio hoy estuvo muy bien. Martínez

había preparado una pequeña bienvenida. Nos recibieron con los brazos abiertos y, para gran sorpresa nuestra, aquel artículo que publicamos en colaboración con otros colegas en la revista Mundo Científico hace unos meses causó impacto. Mejor así. Nos han ubicado en un área de investigación y desarrollo nueva, equipada con los últimos adelantos, de modo que no vamos a extrañar mucho el laboratorio de los Estados Unidos. A Martínez le brillaban los ojos cuando se puso en función de guía, orgulloso de los cambios y adiciones.

Estar dentro de una corporación de este tamaño nos deja tranquilos. Fondos para investigación no van a faltar. "Crucemos los dedos," le dije a Juan Carlos cuando salíamos, "porque por acá el mundo financiero no parece muy firme". Él se encogió de hombros: "Pero si en este país siempre estamos medio en crisis y sin embargo, sobrevivimos. No te preocupes". Le apreté el brazo en reconocimiento, porque él es el optimista de los dos.

Ya anoté antes aquí el fenómeno óptico de encontrar las cosas no exactamente del tamaño que las dejé cuando partimos. No es solo eso. También encuentro que no estoy del todo confortable, es que no me siento "en casa" desde que volví. Cuando se lo comenté a Juan Carlos me miró como si no supiera de qué le estaba hablando. Tenemos registros distintos, es evidente. Noté lo mismo hoy, cuando entramos al edificio de la empresa y nos encontramos con la gente conocida y compañeros de trabajo que llegaban a saludarnos. Se trata la misma gente y el mismo lugar, pero al mismo tiempo distintos.

Es bueno volver a la rutina que llevábamos, lo que me alienta a pensar que llegaré a sentir lo cotidiano natural, como antes. Aunque en otras cosas veo que me costará adaptarme. Creo que me acostumbré demasiado a la forma de ser de los norteamericanos. La amabilidad de la gente, las cortesías de decir gracias siempre, sonreírle a uno en el ascensor, por ejemplo. Claro que nosotros estuvimos viviendo en una ciudad relativamente chica. En cambio, Buenos Aires es una gran capital. Me pregunto cómo será vivir en New York, o Los Ángeles. Es seguro que la gente allí también corre todo el día de un lado a otro y no tiene tiempo para gentilezas que no sean estrictamente necesarias.

Algo que nos trajimos de allá es una nueva valoración de la música nuestra. Antes de irnos jamás nos interesó mucho el tango a ninguno de los dos. Era algo que escuchaban nuestros viejos, la generación anterior. Para sorpresa nuestra, a la distancia y desde una ciudad de habla inglesa, comenzamos a apreciar la música típica de Buenos Aires. Un día alguien puso un tema de Piazzolla que jamás nos había interesado y de pronto nos miramos con Juan Carlos como si hubiésemos descubierto América. En aquel instante resurgieron sensaciones y recuerdos que llevábamos adentro, algo hizo *click* y comenzamos a investigar más sobre el tango y sus orígenes, hasta que comprendimos cómo Piazzolla destiló la esencia en sus creaciones. Y fue una experiencia tan conmovedora que a mí se me llenaban los ojos de lágrimas escuchando algunos temas clásicos ejecutados por él, que antes había oído sin prestarles mucha atención.

## Más tarde

Hace un rato llamé por teléfono a los Beltrán y me atendió Silvina. Yo volví a reiterar mi humilde "lo siento mucho", que pude intercalar entre sus sollozos. Habló un rato largo de su mamá y, como siento tanta pena por lo que debe estar sufriendo (no quiero ni imaginármelo), terminamos llorando las dos.

Después de que se tranquilizó, conversamos por un largo rato. Está devastada, ellas se llevaban muy bien. Paula era joven, estaba por cumplir cuarenta y nueve. Y era una buena amiga de mamá, aunque unos años menor que ella.

Le mencioné a Silvina nuestras cajas y estuvo de acuerdo en que pasemos a buscarlas este fin de semana. Dice que el padre y ella quieren vender la casa, la pondrán en el mercado en unos días. Es grande, y fue edificada por el bisabuelo paterno de Silvina. Supo ser una joya pero ahora está muy deteriorada. Se necesitaría mucho dinero para levantarla y pienso que los compradores la echarán abajo para construir algo nuevo. El terreno debe valer oro ahí, cerca de La Recoleta. Por otra parte, Silvina está comprometida para casarse pronto, y no quiere que el padre se quede viviendo solo en una casa tan grande. La idea es comprar un departamento en la misma zona.

*Domingo 10*

Ayer trajimos las cajas a casa. Y vinieron con una interesante extra. Silvina dijo que se están deshaciendo de muchas cosas y nos ofreció una caja llena de libros y revistas antiguas que estaba archivada al lado de las nuestras. Le echamos una ojeada por arriba y a los dos nos interesó el material. Vamos a revisar todos los libros que tiene y tal vez haya algo bueno para leer.

"Estas cosas eran de mi abuela, no sé si te acordás", me dijo. "Si" dije yo, "es la que está en el retrato en el comedor". Ella asintió. "Vino de Holanda cuando la segunda guerra y se casaron aquí", agregó ella. Yo no pude evitar decirle: "Era una mujer muy bonita, por la foto". "Si, tenía ojos azules como mamá, pero creo que era más alta. Mamá sacó el cabello oscuro del abuelo y los ojos de la abuela". "Tu mami era preciosa también, Silvina". A ella se le llenaron otra vez los ojos de lágrimas y yo me puse a revisar otras cosas para darle tiempo a que se recompusiera. Debe ser tremendo perder a la madre.

Hace años Paula le contó a mi mamá que sus padres murieron cuando Silvina tenía unos meses, allá por 1966, en un accidente de auto en la ruta a Mar del Plata, (que todavía sigue siendo angosta y muy peligrosa). Estos libros deben ser de esos años. Cuando con Juan Carlos abrimos la caja en casa, salió un olor a humedad muy fuerte. ¿Cuánto tiempo habrá estado cerrada? Tenemos que revisarla. La hemos dejado abierta, para que se ventile un poco.

## Sábado16

Para empezar, andamos a las corridas poniéndonos al día con el departamento y todos esos menudos detalles que una toma como normales que estén allí, pero que cuando debemos reconectarnos a ellos nos damos cuenta de lo complicado que resulta.

No es sencillo volver a la rutina después de un corte tan grande con todo, como el que hicimos. Me sigo sintiendo como pez fuera del agua. Espero que esto pase pronto. Quiero volver a vivir la ciudad y la gente como antes de marcharme. Con la misma familiaridad.

Como si eso fuera poco, ayer mientras volvía del

laboratorio casi me choca un hombre que manejaba una camioneta inmensa en un cruce de calles. No vio la luz roja, parece. Pude esquivarlo por un segundo y pasé un susto bárbaro. Él siguió viaje, como si tal cosa. Yo tuve que frenar a un costado de la calle hasta que el corazón me dejó de galopar. Volví a casa temblando de solo imaginar lo que podría haber pasado si me chocaba. Me llevó tiempo calmarme después de que Juan Carlos me abrazó un rato largo y me preparó un té caliente.

Pensándolo bien, no sé por qué me impactó de esa manera. Después de todo, no sucedió nada grave. Mis nervios andan un poco frágiles desde el regreso, creo.

Hoy por fin tuve tiempo después de limpiar un poco el departamento de abrir la última caja con nuestras cosas, y también la antigualla con olor a humedad que nos donó Silvina. Me emociona hurgar papeles viejos. Me recuerda a aquel cofre que tenía papá, con cartas antiguas de España, fotos viejas color sepia y recortes de diarios, todas las memorias de sus padres y familiares. Cuando era chica, cada tanto le pedía que me permitiera mirar otra vez sus tesoros. Y yo los analizaba lentamente, saboreando cada frase y cada mirada, cada traje antiguo casi borroso por el tiempo, cada peinado de época. Había mapas de la Segunda Guerra Mundial, artículos de periódicos de España sobre la Guerra Civil y fotos de papá joven, cuando participaba en un grupo de teatro vocacional en Buenos Aires. Recuerdo la presencia y el tacto de los papeles, el vago, mustio aroma y el deleite que sentía cuando podía abrir el cofre nuevamente, maravillada, como si jamás lo hubiese explorado antes, mientras él repetía con paciencia las mismas historias que yo sabía de memoria pero insistía en escuchar una vez más.

Por eso, como buen ratón de biblioteca, no veía la hora de sentarme tranquila a revisar el contenido de la caja de Silvina. Y sí que valió la pena. Había un buen surtido de cosas adentro: Tres revistas de la década de los 1950s, que dejé de lado para revisar y leer más tarde. Hay varios libros de arte y algunas novelas, y una sorpresa inesperada: un diario personal antiquísimo, con las páginas amarillentas. Lo más interesante es que está en castellano, y las pocas hojas escritas datan de 1941. ¡Cincuenta años atrás!

No podía salir de mi asombro. Es un diario trunco, porque tiene solo tres días escritos en él. No dice nada en particular. Parece que era una mujer casada, que vivía en Ámsterdam. Anotó un montón de detalles cotidianos, pero nada muy interesante. Una pena que no siguiera escribiendo, aunque más no sea como dato histórico, o cuadro de costumbres. No hay mucha información, pero lo voy a guardar, pues es una antigüedad interesante. Tiene grabadas en la tapa de cuero las misteriosas iniciales T.D.B. Le comenté a Juan Carlos al pasar, pero no se interesó mucho. Estaba ocupado escribiendo el borrador de un documento para presentar mañana. Yo no insistí y me puse a preparar la cena escuchando las noticias en la radio.

*Martes 19*

No tengo tiempo de hacer nada de lo que quisiera, como por ejemplo escribir a mis amigos, todos desparramados por el mundo, porque tenemos que terminar este proyecto en el laboratorio lo antes posible.

Este fin de semana me voy a tomar más tiempo para mí. "¿Qué te parece si vamos de compras?" Le pregunté a Juan Carlos. "Necesitamos varias cosas y tengo ganas de ver alguna película". "Buena idea," dijo entusiasmado. Después de estudiar la cartelera estuvimos de acuerdo en ir a ver *Yo, la peor de todas,* de María Luisa Bemberg. "Leí que está basada en un ensayo de Octavio Paz. Tiene muy buen comentario", me informó él. Vamos a llamar a Lorena y Horacio para organizar la salida, como en los viejos tiempos.

No veo la hora de verlos de nuevo. Hace poco, durante el viaje de regreso, estábamos rememorando con Juan Carlos nuestra luna de miel y cómo los conocimos. También ellos eran recién casados y, como nosotros, se hospedaron en la vieja hostería de la Isla Victoria, en Bariloche. Qué lindas memorias tengo de las expediciones que hicimos juntos a unas rocas de la isla, que tienen pinturas rupestres.

Nosotros estamos de acuerdo en que ellos son con quienes mejor nos llevamos. Coincidimos en muchas cosas.

## *Sábado 23*

Anoche cenamos afuera con Lorena y Horacio, y nos pusimos al día con las novedades. Felices de habernos reencontrado en persona después de tanto tiempo de cartas y llamadas telefónicas. Lorena me trajo de regalo un bonsái precioso para decorar el living.

La película de María Luisa Bemberg es excelente. Estuvimos de acuerdo todos en que solo la tremenda misoginia de esa época, encarnada en la Iglesia y las autoridades, pudo quebrar una personalidad tan fuerte y talentosa como la de Sor Juana Inés. Qué destructivos y temerosos de las mujeres han sido los hombres a lo largo de la historia. Y todavía hay mucho para recorrer... Juan Carlos y Horacio nos miraban silenciosos mientras nosotras nos despachábamos a gusto, hablando del tema en el café de la calle Florida donde terminamos la noche. Ahí sí me sentí de vuelta en casa, por completo.

A ellos no les fascinó la historia tanto como a nosotras, ni tuvieron la misma lectura de ella, pero aceptaron que la cinta estaba bien lograda y que la Bemberg es una excelente directora. No son feministas nuestros muchachos, pero al menos admiten que cuando las mujeres nos rebelamos contra las injusticias tenemos razones válidas. Y ellos son buenos representantes del sector masculino opuesto a la misoginia. Cuando comenté eso, mientras tomábamos el café, Lorena dijo, guiñándome un ojo: "Si no fuese así, no estaríamos ahora sentadas aquí con ellos, ¿no?" Los varones hicieron aspavientos como si ella estuviese exagerando, pero no creo que estaba muy alejada de la realidad.

## Domingo 24

No sé cómo explicar lo que sucedió. Es algo sobre el diario de la mujer holandesa que encontré en la caja de Silvina.

Cuando llegó a mis manos tenía sólo tres días escritos en él. Lo he comprobado mirando mi última entrada en estas mismas páginas. Tres días. Pero cuando volví a mirarlo hoy, me encontré con que hay dos días más anotados que, yo estoy segura, no estaban. Y eso es muy raro.

Apenas se lo comenté Juan Carlos dijo, como restándole importancia: "Debes estar equivocada. A lo mejor no te acordás de la fecha". Yo insistí. "Te digo que hay dos días más anotados, que no estaban cuando lo encontré". Él miró el diario y me miró otra vez. "La tinta no parece diferente a la de los primeros días. Puede ser que te hayas confundido, o que tenía las páginas pegadas y no te diste cuenta..." "Si, puede ser" dije yo, fastidiada, aunque insegura. Debo haberme equivocado. Y en realidad es lo primero que pensé cuando vi las nuevas fechas esta mañana. A lo mejor las páginas estaban pegadas por la humedad. Eso es más razonable.

## Martes 26

Gran conmoción en el laboratorio. Ayer los directores removieron a uno de sus miembros, y parece que bajo cuerda hay mucho más que lo que nos dijeron. Hablan de conducta delictiva de uno de los directores, Mario Camargo, que tendría que ver con espionaje industrial. Él renunció con un par de líneas, pero dicen que la investigación está en manos de la Policía Federal.

Yo fui a almorzar con dos compañeras, Anita y María Fernanda, y ellas me pusieron al tanto de los chimentos. Cuando volví a casa esta noche, Juan Carlos todavía no estaba y cuando llegó, tarde, me contó que había ido a cenar con varios ejecutivos y que le dieron los detalles. Parece este director negoció bajo cuerda con un laboratorio alemán importante, pasando parte de un estudio vital que hicimos el año pasado y que los alemanes van a usar pronto en un nuevo producto. Todos estamos furiosos con él. ¿Quién iba a pensar que un hombre tan respetado por todos podría llegar a hacer algo así?

*Jueves 28*

Han nombrado un nuevo miembro del directorio. No sé en qué nos afectará este cambio, Juan Carlos dice que en muy poco, pero como el directorio estaba casi dividido entre dos tendencias, en este momento la facción a la que Camargo pertenecía perdió peso. Tal vez por eso sea que a Juan Carlos le han ofrecido asumir un puesto más importante en el departamento y entró en negociaciones sobre sueldo y responsabilidades justamente hoy. Me llevé una sorpresa, porque si bien él debe haberlo visto venir, no me había comentado nada. Se lo dejé en claro y él me explicó que no quería crear expectativas falsas en casa, pero igual, me hubiese gustado que lo compartiera conmigo, ya que un avance así es una gran oportunidad. Espero que todo salga bien y consiga el puesto. Nos ayudará muchísimo.

Algo que no comenté antes: Desde aquel casi-accidente del viernes 15, me quedó un molesto dolor de cabeza, que no es fuerte, pero que aparece y se va con frecuencia. Y me incomoda, porque a mí no me duele la cabeza casi nunca. Espero que pase pronto.

*Viernes 29*

Hoy Juan Carlos firmó un contrato con la empresa para dirigir el departamento. Los muchachos le organizaron una cena para mañana a la noche. Es un gran paso para su carrera y me siento feliz por él.

Por mi parte, yo tengo otras cosas en la cabeza desde ayer, mucho más inmediatas y preocupantes. Y no puedo decírselas a nadie. No sé si es el cansancio, pero no lo puedo explicar. No quiero hablar otra vez con Juan Carlos sobre el diario de la mujer holandesa que, dicho sea de paso, ahora tiene nombre.

Pero es así, aunque sea raro, imposible o extraño, esto está sucediendo frente a mis ojos. Mejor me explico. Por ejemplo, la primera página, que antes estaba en blanco, ahora está escrita y dice "Este Diario pertenece a Tessa Duyker de Barreveld". Y la última entrada tiene fecha del 23 de marzo de 1941, la que tampoco estaba ahí cuando escribí la semana pasada en estas páginas. Es mucho más larga y reveladora que las notas anteriores y la copio textualmente a continuación. Que quede escrito de puño y letra aquí, además del original que guardé bajo siete llaves para que Juan Carlos no lo encuentre. Dice así:

*23/3/41 – Domingo*
*Mientras hoy cruzábamos con Lieke Eisbertse entre el Whertheimpark y el jardín botánico, camino al almuerzo semanal con nuestras amigas, y obligadas a caminar despacio por la cantidad de automóviles a esa hora, tuvimos oportunidad de hablar mucho y a solas. Ella sacó el tema. Quería detalles de cómo me golpeé para llegar a tener el antebrazo totalmente morado como lo tengo. Mejor me explico, ella alcanzó a verlo cuando yo, en forma descuidada, me quité el cárdigan a medias, para volver a ponérmelo al instante. Pero era tarde, ella ya había visto el terrible moretón que me dejó Klaus dos días atrás. Lieke*

*dijo que sospechaba algo, pero que mis explicaciones le parecieron siempre razonables hasta ese momento. Yo lloré, mientras le confesaba parte de lo que sucede entre Klaus y yo a puertas cerradas. ¡Qué vergüenza! ¡Si mis padres, Dios tenga sus almas en la gloria, hubiesen sabido! Ellos pensaron que era el mejor marido del mundo para mí, por eso arreglaron la boda, a pesar de la diferencia de años que tenemos.*

*Ahora que lo pienso, me doy cuenta de que desde aquél fatídico día de mayo del año pasado, cuando las tropas alemanas entraron al país, mi vida ha cambiado mucho. El miedo a que se repita la destrucción que trajo la Gran Guerra, las ausencias de Klaus, cada vez más frecuentes a la noche, y su creciente malhumor y violencia no presagian nada bueno. A pesar de todo, del miedo que me produce, de la incertidumbre, a pesar de eso, es mi esposo. Me hace tan feliz cuando todo está bien y él está alegre y cariñoso. Espero que Lieke guarde el secreto que le confié hoy, porque no pude callar más tiempo. Un secreto que no me atreví ni siquiera a mencionar en estas páginas.*

Al leer esas palabras se me erizó la piel. ¿Quién es esta Tessa? ¿Y cómo puede estar escribiendo, a la distancia, las páginas del libro que tengo en mis manos? He pensado que estoy soñando, pero no, no puede ser. Hay otra solución: Que yo tenga una doble personalidad y no lo sepa, y escriba con otra letra, por ejemplo, dormida o en trance. Pero ¿a qué hora? Juan Carlos tiene un sueño súper liviano, se despierta por cualquier cosa, se hubiese dado cuenta. No. Demasiado inverosímil.

Me duele otra vez la cabeza de dar vueltas y vueltas sin encontrar explicación. Mejor me voy a la cama. Trataré de dormir. No puedo dejar de pensar en el diario, en lo increíble de esta situación y las dudas sobre mi propia cordura.

## Domingo 31

Por suerte hoy me siento mejor. Ayer pasé un día bastante malo, me quedé en la cama, dormí mucho y parece que el descanso total me hizo bien. No pude acompañar a Juan Carlos a la cena, porque cuando quise levantarme para darme un baño, él se opuso, firme, y la verdad es que yo no estaba del todo bien.

Me siento feliz por Juan Carlos y las perspectivas económicas del futuro, pero no puedo engañarme ni simular aquí. Mi mente estuvo (y está) mitad en lo que hago, y mitad en el diario de Tessa, que he guardado celosamente y que no me atreví a abrir otra vez hasta hoy.

Esta mañana después del desayuno y mientras Juan Carlos leía el Clarín del domingo, me encerré en el dormitorio y eché una veloz ojeada a la última página escrita para ver si había novedades. Nada. ¡Nada más desde la última confesión! Y estoy segura de que no soy yo la que escribió lo anterior en sueños. ¿Cómo podría imitar dormida la letra de Tessa, que está escrita en tinta y pluma? ¿E inventar lugares y nombres que no conozco? No es posible.

Algo extraño está sucediendo y no sé bien cómo ni por qué. Pero sí sé que ha transformado mi vida. Por ejemplo, mi hábito de leer novelas livianas para despejar la mente. Ahora estoy leyendo la historia de los Países Bajos, de la que no sabía casi nada, y encontré que para 1941 las cosas comenzaron a ponerse muy malas en

Holanda bajo la presión de los invasores alemanes.

Quiero situarme en la época en que Tessa vivía, así que el viernes saqué dos libros de la biblioteca, que amplían lo que dice mi modesta enciclopedia. Juan Carlos los vio sobre el escritorio pero no dijo nada. Yo necesité justificarme y dije que me interesaba leer sobre esa época. Él sabe que la historia de Europa durante la segunda guerra mundial me interesa mucho. Lo hemos comentado antes, así que es razonable que no asuma nada en particular. No quiero que vuelva a pensar en el diario misterioso. Espero que lo olvide.

# Abril

Sin noticias de Tessa. Aunque me he propuesto controlar mi ansiedad. Solo miro el diario cada dos o tres días. Por las dudas. Sé que va a volver a escribir. Tengo esperanzas.

Trato de concentrarme en el trabajo y también estamos haciendo largas caminatas con Juan Carlos, ahora que está fresco y el aire está limpio y seco.

*Sábado 13*

La semana pasó sin ninguna novedad que valiera la pena anotar. Trabajábamos hasta muy tarde y volvíamos cansadísimos. Nada nuevo sucedió con el diario de Tessa tampoco, hasta que por fin mi curiosidad pudo más que mi resolución de no hablar con nadie de él.

Ayer, después de tanto tiempo en el que permaneció mudo, no pude esperar más y llamé a Silvina. Me dijo, con un poco de tristeza en la voz: "Tenemos una buena oferta, así que esperamos poder cerrar la operación de venta de la casa pronto". "Por casualidad," le pregunté, disimulando mi ansiedad, "¿te suena familiar el nombre Tessa Duyker de Barreveld?" Ella no recordaba a nadie con ese nombre. Yo insistí: "¿Seguro que no era alguna pariente lejana o amiga de la familia?" Dudó por un rato, y al final dijo: "No, estoy segura. No conozco a nadie que se llame así". Le pregunté por el nombre completo de la abuela, y me recordó que era Adelheid van Kampen de Arostegui. "¿No habrá tenido un segundo nombre?", aventuré. "No, ya te dije, estoy segura", y mis pistas para descubrir a la misteriosa escritora del diario terminaron allí.

No sé qué más hacer para investigar quién fue ella. Porque debe haber algún dato suelto que se me escapa. Ese diario estaba en la casa de la familia Beltrán. Algún nexo con ellos debe existir. Puede haber sido de alguna amiga de la abuela y por eso pienso que Paula Beltrán lo guardó con las cosas de su madre en la caja que nos dio Silvina.

Mañana llegan mis padres a pasar unos días con nosotros. Quieren hacer compras y visitar la ciudad, de modo que estaré muy atareada al volver del trabajo. No más horas extras por esta semana. Mejor así. Me va a distraer un poco. Tengo muchas ganas de verlos y hablar de tantas cosas. Siento nostalgia por estar cerca de mamá, sentadas en el sillón, charlando y que me mime.

*Lunes 22*

Mis viejos se fueron ayer y el saldo que me quedó fue el de una semana muy linda. Me tomé el miércoles libre para llevarlos al delta del Tigre, a navegar y almorzar frente al río. El tiempo nos ayudó y el paseo fue muy agradable.

Creo que disfrutaron mucho la visita. Durante la semana papá aprovechó para hacer unos cuantos trámites y mamá compras. Y también fueron a museos y galerías durante las horas en que nosotros trabajábamos.

Mamá, por hobby, tira las cartas a sus amigas (le

he prohibido que lo haga conmigo, yo me río de esas tonteras), además lee el Tarot y tiene una especie de intuición para ciertas cosas, que es una cualidad heredada de mi abuela y bisabuela, según dicen los familiares. A mí esa condición me pasó por alto, ya que nunca he sentido nada por el estilo, al contrario, me cuesta mucho creer en presentimientos o cosas supersticiosas.

Pensé en hablar en forma tentativa con ella sobre el diario de Tessa, pero me arrepentí. Mejor no darle cuerda a mamá. Si yo lo insinuaba nomás, seguro que ella se las hubiese arreglado para que le cuente todo y no estoy convencida de que quiero hacer eso todavía. Para peor, en un momento en que estábamos a solas me dijo, como al pasar, mirándome con esos ojos sabios: "Esta experiencia de dos años afuera te ha cambiado mucho, nena". Yo miré para otro lado, y fingiendo indiferencia le pregunté: "¿En qué sentido?" Ella se tomó unos segundos. "No sé bien, pero estás más madura, y también más misteriosa conmigo".

Me sobresalté. ¿Se habría dado cuenta de algo? "¿Qué querés decir, más misteriosa?", dije, tratando de no darle importancia. Ella echó esa risita tan familiar que sugiere que no le estoy contando todo. Entonces yo cambié rápido de tema y ella no insistió. Pero nos conocemos mucho nosotras dos. Sé que sabe que yo tengo algo importante que no le he dicho, pero jamás me preguntará abiertamente para ponerme en evidencia. Tal vez más adelante yo sienta que le puedo confiar el misterio del diario, pero no todavía.

*Domingo 28*

Ha pasado otra semana completa de trabajo, con el único entretenimiento de salir a comer afuera varias veces (por no cocinar en casa), y una vez invitados a cenar a la casa de Lorena y Horacio.

No he vuelto a abrir el diario de Tessa en varios días. Creo que para no decepcionarme. Es que, aunque tengo una remota esperanza de encontrar otra entrada, temo que no vaya a suceder. ¡Porque no pueden seguir apareciendo escritos! Es irracional esperarlo. Al mismo tiempo, ¿cómo es que se materializaron esos nuevos, fechados tantos años atrás? Aunque sé que esto no debería estar sucediendo, tengo la expectativa y el deseo de que ella siga escribiéndome. Es muy confuso. Nunca me sucedió algo así, jamás tuve tantas dudas de mi cordura y eso me desconcierta.

*Lunes 29*

Hoy al volver del trabajo me puse a ordenar papeles y no pude resistir la tentación de abrir el diario de Tessa. Encontré no una, sino dos entradas nuevas. Con la primera ojeada a la página, un temblor me corrió de la cabeza a los pies:

*28/4/41, Lunes*
*¿Cómo empezar? Necesito desahogarme y este es el único medio seguro. No he escrito aquí por muchos días. Recién estoy recuperándome y todavía tengo dificultad para poner en palabras lo que sucede. ¡Desde mi última anotación han pasado tantas cosas! Klaus siguió viniendo tarde, muchas*

veces un poco bebido. Una de esas noches me confesó que se había anotado en el Movimiento Nacional Socialista, el NSB y me mostró con orgullo la tarjeta, lo cual me alarmó mucho, aunque lo disimulé. Le han provisto de un arma de fuego, un revólver grande, que yo miré apenas y él guardó en la mesa de luz, mientras me ordenaba no tocarlo nunca. ¡Como si yo fuese a tocarlo! Un arma en casa me pone muy nerviosa.

Desde que los alemanes están aquí las cosas se han puesto mal para mucha gente de la ciudad. El mes pasado una familia judía de esta misma cuadra, los Paulusch, a los que les habían obligado a usar la estrella amarilla, incluso a los niños, de pronto desapareció misteriosamente. Todos ellos. Se dicen cosas horribles que me cuesta creer, pero si es que van a perseguir gente por su origen, espero que los Paulusch hayan huido y estén a salvo en algún lugar. Su casa está ocupada por un grupo de desconocidos ahora. Lieke y su marido, que no simpatizan con la ocupación, dicen que el odio que tienen los nazis por los judíos va a terminar muy mal, con muchos muertos en toda Europa. Yo no lo creo así, nadie puede ser tan cruel.

Es verdad que los del NSB, los jovencitos en particular, son groseros y atropelladores, los he visto en la calle. Pero de ahí a matar gente inocente, porque sí, hay un gran paso. Creo que son exageraciones. Aunque me voy del tema que en realidad quiero tocar. Es que me cuesta confesar lo que sucedió hace una semana.

Klaus llegó borracho y se enojó porque la comida estaba fría. Era muy tarde y me golpeó. Me golpeó por largo rato, mientras yo lloraba y la escena terminó con un fuerte puñetazo en mis costillas que me cortó la respiración. Tuve que morderme para no gritar, pues él no quiere que nos escuchen. Lo más curioso de todo es que mientras me pegaba, yo no lo aceptaba como antes. Por primera vez sentí repugnancia. Asco por él, por su cuerpo que, aunque parezca mentiras, he deseado en otras épocas. Ante ese físico rudo me he humillado una y otra vez, obedeciendo sus mandatos, esperando que ejerciera su poder sobre mí. Pero esta vez no. Me di cuenta de ello con sorpresa, por lo inesperado. Esta vez sentí repulsión por su fétido aliento a alcohol viejo, sus ojos enrojecidos y llenos de odio hacia mí. Tuve que guardar cama por varios días y no le hablé, aunque él me pidió perdón una y otra vez. Todavía me duele horriblemente el costado derecho. ¿Me habrá fracturado algo? Espero que no. Aunque no es la primera vez que llega a mayores con sus gritos y palizas.

Ayer me trajo flores y prometió, como siempre, no hacerlo más. Me pidió que no lo enoje y provoque con mis tonteras y yo, por primera vez, comprendí que no, que no hubo motivo, que él disfruta pegándome. Comprendí que no lo quiero más, que estoy atada a un hombre que me produce repulsión. Pensar que cuando nos casamos él era hasta cariñoso conmigo, aunque tenía sus momentos de gritos y reproches por tonteras. Pero desde que comenzó a beber y juntarse con amigos nuevos ha empeorado rápidamente. Lloré todo el día, tirada en la cama. Me veo vieja. Demacrada. Y sola. Tengo treinta años recién cumplidos y quisiera morirme ya mismo.

30/4/41, Miércoles
Esta mañana me desahogué con Lieke personalmente cuando pasó a verme. No me atrevo a hablar de estas cosas por teléfono. Todo Ámsterdam sabe que las operadoras, si quieren, escuchan las conversaciones

*privadas.*

*Para peor, Klaus fue nombrado hace muy poco con un cargo menor en el NSB de esta zona y todos lo miran con veneración, respeto y miedo. Menos yo. Cada día crece más mi rechazo hacia él. Pensar que este hombre hasta ahora fue centro y eje de mi vida. Es como si lo estuviese viendo por primera vez. Lieke se horrorizó con lo sucedido y me pide que tenga paciencia y piense en cómo solucionarlo. En cómo volver a ser una mujer independiente. ¡Ella habla de separación! Es que no sabe, no comprende. Eso es un imposible, un sueño. En realidad yo no fui jamás independiente y Klaus nunca me dejará libre. Yo lo sé. Tanto, que hasta he pensado que la muerte sería una buena salida. Mi muerte. O la suya... en algún altercado callejero. Estoy divagando, debe ser la desesperación. Tengo que controlar mi miedo y rogar porque no regrese otra vez borracho a casa. Al menos eso. Los moretones de la cara todavía son visibles y no he podido salir a la calle. Me da vergüenza.*

Es una confesión tremenda. ¡Juro que hasta me pareció que la tinta estaba todavía fresca cuando lo abrí! Esta última entrada es la confirmación de que, si bien yo no sé qué es lo que está sucediendo aquí, no estoy loca, y que Tessa está desahogándose conmigo de alguna extraña manera que (jamás creí que iba a pronunciar o escribir estas palabras) acepto ciegamente, como un artículo de fe. Porque si bien no sé cómo explicarlo, tampoco voy a negar la realidad.

## Martes 30
Después de esa lectura, anoche no pude dormir más que

por unas horas. Soñé entrecortadamente con una figura incorpórea, que se asomaba detrás de las cortinas de la ventana del dormitorio, del pasillo, de la puerta de la cocina y desaparecía, para reaparecer frente a mí en la calle. Algo como aquella sombra blanca que perseguía Gustavo Adolfo Becker por las noches, como trazos brumosos de gasa etérea, que en definitiva eran rayos de luna. Algo así como un fantasma. Y en el sueño yo sabía que era un espectro, un espíritu, si hay tales cosas. ¿Habrá? (¡Los pensamientos increíbles que me produce esta situación tan loca, tan descabellada, por favor!).

Solo asocié las imágenes de mi sueño con Tessa cuando desperté, cansada como si no hubiese dormido en toda la noche. Estoy segura de que ella ha existido, ha sido una persona de carne y hueso y está tratando de decirme algo. ¡Quizás todavía existe! Si fuese así, debería tener en la actualidad unos ochenta años. No es tan imposible, pensándolo bien. Ahora que mi...

Tuve que dejar porque me interrumpieron con una pregunta. Estoy en el laboratorio. No debería escribir mi diario personal a escondidas, en horas de trabajo, pero no puedo pensar en otra cosa. Ojalá nadie se dé cuenta. Supongo que Juan Carlos se molestaría mucho. No solo es el director del proyecto, si no que como buen varón, a él le encanta dar órdenes. Pero yo sé cuándo "piratear" mis ratos libres sin dañar mi rendimiento.

Para abreviar, lo que quería decir antes es que he decidido hablar con Silvina otra vez. Aún a riesgo de ponerme muy pesada e insistente. Necesito saber con certeza si conoce a esta mujer y cómo llegó este diario a su casa. Hoy la llamaré apenas pueda para preguntarle.

Ayer nos avisaron desde la aduana que ya desembarcaron las cajas que remitimos desde el puerto de Miami.

Por fin terminaremos de organizarnos y este departamento estará completo. Me falta recuperar esa sensación de ser yo, la que era, de estar de nuevo en mi propia piel, algo que desde nuestra llegada no he sentido.

# Mayo

## Miércoles 1ro.

Día del Trabajador. Por suerte es feriado nacional. Quedé con Silvina en pasar por su casa hoy, después del almuerzo. Charlamos largo rato en el invernadero del jardín, que ahora tiene pocas plantas. En vida de su madre y su abuela, este espacio supo ser una belleza según me contó, nostálgica y con los ojos húmedos. El invernadero es un sitio tibio y debe haber sido muy acogedor en sus años de gloria. Yo imaginaba a la abuela de Silvina cultivando las plantas y flores que, según ella, tanto le gustaban y por las que supo ganar premios en exposiciones locales.

Sin dejarle entrever qué está sucediendo, pregunté otra vez por la dueña del diario que llegó a mis manos. Ella no tiene idea de cómo ese diario estaba allí. Se lo describí con detalle, esperando que le evocara algo, pero no. "Estoy segura de que yo revisé esa caja hace un tiempo, y no había ningún diario, ni ningún libro como el que me estás describiendo", dijo muy segura. Yo creo que está confundida y no es para menos, con las fatigas de la venta de la casa.

No solucioné mi acertijo hablando con ella pero por suerte ahora se sumó un elemento inesperado. Silvina salió con algo nuevo, que me llenó de expectativas: "A lo mejor querés echarle una ojeada al diario de mi mamá, en el que seguro debe haber retazos de memorias de la vida de la abuela en Europa". Traté de disimular mi emoción. "Ella escribió un diario?" pregunté con la voz más calma que pude. "Sí. Si querés, podés ver si hay algo que te interese y tenga que ver con la mujer del diario". "Claro que sí, Silvina," dije yo todavía midiendo mi entusiasmo. "Pero es algo tan íntimo... ¿Estás segura?" Ella asintió con una sonrisa. "Por supuesto. Pero ya lo he leído y no hay nada muy íntimo o secreto. Aunque hay datos, las pocas cosas que en ocasiones mi abuela le contaba. Porque la abuela siempre guardó celosamente su pasado de Europa". "Y claro," dije yo, ya más confiada, "tiene que haber sido doloroso. No quiero pensar en lo que debe ser huir de un país en guerra, escapando de la muerte, o peor".

Mientras hablábamos yo me preguntaba si habrá huido Tessa de su torturador doméstico. Pobre Tessa, pensé con ternura.

Demostré tanto interés en el diario de su madre que Silvina ofreció prestármelo, mientras ellos se mudan, con la condición de que lo cuide y se lo devuelva apenas se instalen en la nueva casa, o departamento que compren. Le aseguré que así sería.

Caminamos hasta la biblioteca, un ambiente deliciosamente antiguo, con estanterías cubiertas de libros de pared a pared. Es una sala no muy grande, pero con mucha luz que entra por un ventanal. Un lugar paradisíaco para quedarse horas. Recuerdo haber estado brevemente allí con mi mamá, acompañándola en algunas visitas a Paula.

"Ya tengo inventariado los libros y también tenemos

un comprador", me interrumpió Silvina, con ese tono afligido que su voz toma cuando habla de la casa y del desprendimiento cercano. "Aquí debe haber algunas valiosas colecciones, ¿no?", pregunté. "Así es. Hay libros del siglo pasado también, que eran de la colección que hizo mi bisabuelo", dijo con voz estrangulada y yo guardé silencio mientras ella abría un cajón del escritorio ubicado no lejos de la ventana.

En ese momento aproveché para acercarme a una pared con retratos, y allí estaba la foto que yo recuerdo de sus abuelos, doña Adela y don Matías. Están sentados en una hamaca doble. Es una instantánea tomada de cerca, en blanco y negro. Ella lleva un vestido floreado al estilo de los años 1950s. Los dos sonríen a la cámara, que seguramente estaba en manos de su hija, a la que adoraban, según mamá. Los dos muy refinados, casi parece una foto tomada de una revista de la época. Silvina ha heredado algunos rasgos de la abuela, el pelo claro y abundante y el cuerpo esbelto. Se acercó a mí trayendo una prolija bolsa de tafeta negra. "Si, esos eran los abuelos Arostegui", dijo parándose a mi lado y mirando el retrato en la pared. "Qué pareja tan elegante", no pude evitar decirle. Ella asintió en silencio. "Mamá sufrió mucho cuando murieron" comentó, y yo, sabiendo lo trágico de la historia, no dije nada, volviendo mi interés hacia la bolsa que llevaba en las manos. Ella la abrió y sacó varios anotadores encuadernados. Me los entregó con una mirada que me reiteraba la promesa. Yo le dije: "Te los devolveré apenas los lea, Silvina, te doy mi palabra".

Los traje a casa con reverencia, dentro de mi bolso, como si llevara un tesoro, o mejor, la llave que puede abrirme el tesoro de la información que busco.

No puedo describir lo que sentí ante la posibilidad de estudiar lo que Paula Beltrán puede haber escrito sobre las memorias de su madre en las que, estoy segura, debe figurar Tessa. Y si es así, tal vez llegue a develar este misterio que está dándose frente a mis narices. Del que no puedo hablar con nadie. Y menos con Juan Carlos.

A propósito, hoy me reprochó el que esté tan ausente y distraída. Yo había regresado de la casa de Silvina y él estaba leyendo. Charlamos un rato y de pronto me dijo: "A vos te pasa algo". Yo me esquivé como pude, poniendo pretextos pero él continuó: "Estuve pensando mucho en nosotros, y desde que volvimos a Buenos Aires vos no sos la misma. Hasta he llegado a pensar que no tenés más interés en estar conmigo. Algo te separa de mí". Me alarmó y me apresuré a decirle: "No pasa nada, por favor, cómo voy a perder el interés en vos?" Y era absolutamente sincera. Pero él tenía más para decir: "He llegado a pensar que no me querés como antes" me espetó, mirándome a los ojos, buscando una confirmación de sus dudas. "¿Estás loco?" Le dije sorprendida, "cómo voy a dejar de quererte? ¿De dónde sacaste esa idea tan ridícula?" y por respuesta me recitó una letanía de quejas todas ciertas, todas reales. Me sentí muy mal y un poco culpable.

Hicimos las paces y terminamos el día muy bien, jugueteando felices en la cama, por primera vez desde los días en Miami, lo que nos hizo sentir en las nubes, como antes. Por un rato.

Yo sé que Juan Carlos tiene razón. No soy la misma y es por este misterio que me tiene sin paz ni tregua desde que trajimos las cajas de la casa de Silvina. Porque yo imaginé que al pasar las semanas esas sensaciones de incomodidad, de sentirme extraña en mi propia piel, en mi casa, en mi ciudad, iban a diluirse naturalmente y volvería a una normalidad que añoro, pero que no estoy segura de si alguna vez la he tenido así, como la pienso. ¿Qué es lo normal, mi normal? ¿Acaso existe? Y si no, ¿cómo es que antes yo jamás tuve esta sensación absurda de sentirme "otra" dentro de mi piel?

Ahora es tarde, pasada la medianoche y tengo mucho sueño, pero mañana voy a sentarme, antes de preparar la cena, a leer este segundo diario ajeno que ha caído en mis manos. Increíble.

*Jueves 2*

Por falta de tiempo, (¿cuándo no?), empecé a revisar el diario de Paula pero solo una ojeada general. Después lo leeré cuidadosamente.

*Viernes 3*

Buenas noticias. Aunque en realidad me siento un poco mal, por decirlo así, porque lo que en otra oportunidad me produciría tristeza, en esta situación me llega caído del cielo. Juan Carlos se marchará por dos semanas a North Carolina, a trabajar en parte de un proyecto en colaboración, en el que nuestro laboratorio está involucrado. Pienso que lo mandan a él por la experiencia que adquirió durante nuestra beca. Su ausencia me dará libertad para investigar lo que me absorbe día y noche. Sin tener miedo de que me sorprenda leyendo el diario a escondidas.

Ayer, apenas llegué del laboratorio y aprovechando

que Juan Carlos trabajó hasta más tarde, continué con los cuadernos que componen el diario de Paula Beltrán. En los dos primeros, entre los trece y los dieciséis años escribió versitos y detalladas charlas románticas con chicos de su edad. Muchas descripciones de actores de Hollywood y del viejo programa *Club del Clan* en televisión. Eso debe haber sido por la época de la tele en blanco y negro, calculo yo. No dice casi nada acerca de su madre, excepto que le pone límites o la reta porque no estudia o hace la tarea de la escuela, o no le quiere comprar un par de vaqueros marca Lee, recién llegados al país vía marineros que los vendían de contrabando a los adolescentes en el puerto. Imagino que la importación debe haber estado cerrada. Un dato curioso que no sabía, pero que no avanza mi investigación.

Hay algunas pepitas de oro, digamos, mezcladas entre las tonterías de chiquilina que cuenta, y que voy a extractar. Como lo que sigue, por ejemplo. Dice, después de explicar con demasiado detalle una fiesta llamada "asalto", en su casa:

*"14 de agosto de 1960*

*(....) eran más de las dos de la madrugada, y nos estábamos despidiendo con Ricardo en el jardín, apoyados en el pino, cuando mamá nos descubrió besándonos.*

*Estábamos bien apretados y ansiosos los dos, manoteándonos. Dimos un salto atrás, sorprendidos y Ricardo, muerto de vergüenza, la saludó y salió casi corriendo. Me puse furiosa con mamá pero no dije nada. Entramos y, cuando se fueron los pocos amigos que* quedaban bailando en el living, nos pusimos a acomodar las cosas. Yo no abrí la boca, pero dentro mío estaba muy nerviosa.

Ella, después de comprobar que papá dormía profundamente, volvió a la cocina para hablar. Nos sentamos frente a frente con un café cada una. No sé por qué le salen cosas viejas cuando quiere darme consejos. Quién sabe. Ella habla poco de su vida en Europa, pero cuando "las papas queman" le brotan los recuerdos. Y no entiende, no se da cuenta de que me habla de otro mundo y que esta es otra época. Por ejemplo, a ella no le gusta el rock, ni Elvis. Apenas soporta a Paul Anka, y eso porque canta rock lento. Yo se lo agradezco, porque me deja poner los 45 rpm a todo lo que da cuando estamos solas. Y como tenemos un pacto de mutuo aguante, le tengo que dejar poner su música de los años 30s y 40s, que a mí no me disgusta, al contrario. Lindas orquestas de jazz. También música europea de la época. Cantada en distintos idiomas.

A mamá le encanta la música vieja y a veces se le llenan los ojos de lágrimas, pero no me cuenta por qué. Anoche fue distinto. Después de que entramos  y limpiamos  de vasos y platos el living y el comedor, charlamos mucho. Me dijo que tengo que cuidarme en lo que hago. En fin, las cosas que todas las madres dirán a sus hijas y una tiene que escuchar. Pero anoche me contó una historia de una querida amiga que estaba casada con un hombre cruel, y dijo que cuando una se equivoca al elegir marido puede ser una condena. No sé a qué venía eso, porque nada más lejos que Ricardo y yo de hacer pareja ni nada. No le puedo decir, mami, tenemos una calentura terrible y no nos podemos desahogar, así *que solamente nos besuqueamos como locos en cualquier lugar oscuro, porque mi vieja se me muere ahí mismo. ¡Es tan anticuada!"*

Me demoré ante la mención de una querida amiga. No puede ser otra que Tessa, pero en ese caso la madre de Paula ¿no debería llamarse Lieke, su amiga y confidente, en vez de Adela? Seguiré buscando pistas aquí. Espero poder desenmarañar esta madeja.

## Sábado 11

Esta mañana Juan Carlos partió para North Carolina, vía Miami. Lo acompañé a Ezeiza en un taxi y me volví a casa en ómnibus. Me quedé con sentimientos encontrados. Ahora que tengo más tiempo para leer y escribir abiertamente y en cualquier momento sobre los diarios de Tessa y Paula, siento un poco de culpa por no haber confiado en Juan Carlos. Aunque, por otra parte, sé que es imposible que él acepte lo que está sucediendo. En esto, yo divago, porque no habrá forma de que yo le muestre el diario tan avanzado y él entienda.

Me di cuenta de cuánto dependemos uno del otro mientras preparábamos la ropa y papeles que va a llevar. Voy a extrañarlo mucho. Desde que nos casamos hace tres años y medio, nunca hemos pasado una semana alejados físicamente. Cada viaje, cada paseo, incluyó a los dos.

Anoche nuestra despedida fue particularmente emotiva. Siento que estoy enamorada de él como el primer día, no, no es cierto: Lo amo mucho más que el primer día y sé que me corresponde tanto o más. Por eso tengo un pequeño remordimiento por no confiar en él. Espero que cuando esto tan increíble que me sucede se resuelva y yo pueda contárselo, él comprenda por qué se lo oculté.

*Domingo 12*

Ahora tengo más tiempo después de volver del laboratorio para ponerme al día con la lectura del diario de Paula. Es un trabajo lento, ya que está lleno de anotaciones de chiquilina. Anoche estuve hasta muy tarde leyéndolo, y empecé a marcar las entradas que pueden tener valor en mi investigación.

Aquí van dos de ellas:

*"20 de enero de 1961.*

*¡¡Mar del Plata!! ¡Viva! ¡Ya estamos ubicados aquí! El hotel es sencillo, pero queda muy cerca de la playa La Perla. Salimos a caminar a la tarde, no podíamos esperar más. Papá había manejado desde la madrugada y se tiró a dormir la siesta. Yo me puse la bikini cuadriculada, la que le produce tanta gracia a mi prima Haydée (dice que son dos servilletas a cuadros verdes) pero que es tan moderna.*

*Mamá se puso la malla negra entera, como siempre, y claro, se le ve esa cicatriz que debe haber sido profunda en su época, a la altura del muslo derecho. Pobre má, se la cubre disimuladamente con toallas, capelinas o revistas, según lo que tenga a mano cuando anda alguien cerca. No me ha contado cómo se hizo ese tajo tan grande.*

*Nos sentamos en la arena no muy lejos del precioso*

monumento a Alfonsina Storni. Qué bellos poemas, y que dramático final el de esa mujer tan especial. Mamá, gran admiradora, lo miró por largo rato, como embelesada.

Esta vez nos quedamos a solas mientras Haydée y la tía Maruca corrieron impacientes al agua. Yo le acaricié la piel despareja con ternura, lo que la sorprendió. Me revolvió el cabello cariñosamente y le pregunté, por centésima vez. Y esta vez ella me contestó. Dijo enigmática, como siempre que habla del pasado, que se lo hizo en un accidente, antes de salir de Ámsterdam. Le pregunté si se había escapado, como tanta gente, y dijo sí con la cabeza, mirando al mar con aire pensativo. Yo le dije, medio en broma y medio en serio, que me lo tenía que contar todo en detalle para escribir una historia dramática sobre eso. Hizo un gesto como sacándole importancia a la cosa, se rió y dijo que a lo mejor, algún día, más adelante. Protesté y la amenacé con no escribirlo nunca jamás en la vida, pero ella me tiró un beso con la punta de los dedos, se levantó de la toalla en la que estábamos sentadas y empezó a caminar hacia el agua, con la capelina tejida apoyada sobre la pierna derecha, como siempre (...)"

Esta otra entrada, escrita en 1963, cuenta que Paula fue al cine a ver "Días de Vino y Rosas", la película de Blake Edwards, y se la recomendó a su madre:

"(...) entonces mamá fue a verla con tía Maruca ayer a la tarde. Cuando volvieron yo estaba escribiendo un trabajo práctico para una clase, y ellas pasaron a la cocina. Escuché que mamá ponía el agua para el mate, y no me había dado cuenta de nada hasta que entré de golpe a buscar algo en la heladera. Ahí estaban las dos, sentadas frente a la mesa con el juego del mate sin tocar. Mamá estaba llorando y tía Maruca la consolaba.

Cuando aparecí se sorprendieron y mamá se levantó de la silla dándome la espalda, haciendo como que buscaba algo en el cajón de las servilletas. Yo les pregunté y dijeron que estaban hablando de la película.

Más tarde, después que tía Maruca se fue, le pregunté a mamá por qué la puso tan triste una historia romántica con gente que se emborracha (los actores toman un montón de cócteles Alexander, que son deliciosos). Ella me habló de lo terrible que es el alcoholismo, que destruye la vida de la gente, y después pasó a contarme con ese acento europeo tan particular que tiene mi mamá y que es más marcado cuando ella está desprevenida o triste, sobre un amor que supo tener en su juventud y que no pudo ser, porque ella lo tuvo que dejar. Le pregunté si papá era el amor de su vida. Me miró de frente, con pena y me dijo que papá era el mejor hombre del mundo. Le hice un gesto como que eso no era una contestación. Entonces ella me dijo con los ojos llorosos otra vez, 'Paulita, te digo la verdad, nunca podría querer a nadie como a tu padre. Creeme', y yo le pregunté ahí nomás, '¿Y el otro, aquél que supiste querer en tu juventud?' Pero ella no contestó, me abrazó fuerte y me palmeó la espalda con cariño, como consolándome de algo.

Y ahí se terminó la historia porque entró papá preguntando si queríamos ir a comer pizza para la cena, así mamá no tenía que cocinar. Mi vieja es un misterio y no me quiere confiar nada, lo que me duele mucho. Pero no quiero echarle en cara cosas. Quién sabe las que pasó *antes de llegar aquí. Papá dice siempre que la guerra deja heridas muy hondas. Seguro que es por mamá que lo dice (...)"*

Aunque estos detalles no son importantes, sigo buscando. Parece que Adela tuvo un amor frustrado y cuando se encuentre con Tessa, si se encuentran, a lo mejor me entere de algo más... porque creo que deben haber sido amigas, y si no, ¿por qué estaba el diario en su casa? ¿Y por qué escribírmelo así, a la distancia, si no hay conexión ninguna entre ellas o la familia?

Cuando hablaba de que el alcoholismo destruye la vida de la gente, muy posiblemente debe haber estado refiriéndose a Klaus y Tessa. Creo que ella es realmente Lieke, y todavía no puedo comprobarlo porque no conozco los trozos fundamentales de la historia de estas dos mujeres.

*Martes 14*

Entre el laboratorio, el mantenimiento de la casa y lecturas de material de trabajo que tengo pendientes estoy tan atareada que apenas si tengo estos minutos para sentarme a comentar. He adelantado un poco en la lectura del diario de Paula y marcado con papelitos rojos todas las páginas con referencias sobre Adela.

Por otra parte, pensando que estoy solitaria y aburrida, Lorena y Horacio me invitaron a cenar mañana a la noche a su departamento. Me vendrá bien distraerme un poco y tengo ganas de verlos. Juan Carlos me llama día por medio. Va a tener que pagar una buena cuenta de teléfono internacional antes de volver.

Lo extraño un montón. No estoy acostumbrada a cenar sola, ni a la inmensa cama vacía de su lado. Extraño el dormirme escuchando su respiración, porque él se duerme antes que yo, antes de que yo deje el libro y apague la luz. Extraño su tibios pies, calentando los míos antes de dormir.

*Domingo 19*

El miércoles pasado, al volver de la cena con Lorena y Horacio ya cerca de medianoche, me encontré con que Tessa había escrito un torrente de mensajes en su diario. Tuve que hacer un esfuerzo para poder dejarlos hasta el día siguiente y acostarme enseguida para poder madrugar al otro día.

Leyéndolos comprendí que hay algo más profundo que la historia de un ama de casa desdichada. Esta mujer está desahogándose de cosas más oscuras de lo que yo pensaba. También esta vez en el diario aparecieron, de golpe y en pocas horas, tres entradas, ¡tres días escritos en una sola noche! Es como si Tessa necesitara acelerar su narración.

Ahora, esto va a sonar como una locura, pero he llegado a aceptar esta situación paranormal que vivo como si fuese lógica y razonable. Si no, no podría manejarlo. Y no quiero ir a ver a un psicólogo. La extraña idea de que todo tiene sentido, un sentido que no puedo ver ni entender por ahora, pero que cuando conozca la historia completa me será comprensible, me ayuda a mantener la cordura.

Tessa:

*17/5/41, Sábado*

*No escribí por días, empeñada en mejorar mi salud. Me recuperé lentamente y Klaus mantuvo su distancia. Me observaba de lejos, hasta que creo consideró que estaba suficientemente bien como para volver a su viejo modo de ser. Que es, en definitiva, quién es él. Un bruto. Un hombre que desde que le han dado rienda suelta y poder, no puede controlar sus bajos instintos. Me prohibió volver a salir con mis amigas, a las que ya veo poco y cada tanto. Un día llegó a casa mientras yo estaba en el teléfono con Lieke y me arrebató el tubo de la mano. Le dijo muy groseramente que no me llamara más. Claro que yo me encuentro con ella a escondidas cuando él no está. Lieke me confesó que Milan, su marido, está en una organización que ayuda a salir a mucha gente del país y cruzar la frontera. Es peligroso, pero me dijo que sería fácil para mí ya que no soy judía, si es que quiero desaparecer y buscar una nueva vida. Pero en vez de pensar en huir, estoy pensando cada día con más firmeza en la muerte. De ambos. Eso terminaría con este tormento. Desde que comprendí que lo aborrezco, los días son un castigo para mí, aún en épocas de calma. Klaus me ha golpeado un par de veces más, pero no tan brutalmente como antes. En una oportunidad me empujó con fuerza contra la pared. Cuando caí al piso me abracé las piernas y bajé la cabeza para evitar los golpes en la cara. Él se quedó inmóvil por un instante, para luego marcharse con un portazo. Esa noche en la cama, otra vez, tuve que ceder a sus exigencias y fingir que todo era normal, tragándome las lágrimas de dolor y odio.*

## 20/5/41, Martes

Ya se aproxima junio y está cálido, soleado y seco. Mirando ese cielo tan azul, uno podría creer, falsamente, que el mundo no está desmoronándose a nuestro alrededor. Las nubes siguen pasando impávidas, ajenas, allá arriba y nosotros seguimos arrastrándonos aquí. Iba a escribir "sin esperanzas" pero no, no es cierto. Tengo un plan, un plan que si resulta, y tiene que resultar, me condenará al infierno por la eternidad pero terminaré con este tormento. Me justifico pensando que voy a eliminar a alguien muy destructivo. El hombre con el que comparto mi desdichada vida. Que su ausencia será una bendición para muchos. Y la razón es que, desde hace...

## 23/5/41, Viernes

Klaus llegó a una hora inesperada y tuve que esconder el diario. Estos últimos días ha estado tranquilo, sin agresiones y cuando ha llegado borracho se ha tirado en la cama sobre las cobijas, durmiendo sin moverse hasta el otro día. Yo camino en puntas de pie para no hacer ruido, para que no note mi presencia. Y ha sido un respiro. Por suerte las horas que pasa fuera de casa son largas, yo he organizado mi vida alrededor de ellas y estoy viendo a mis amigas nuevamente. Hice un par de escapadas al centro de la ciudad que él no detectó. Pero esta tranquilidad temporaria no ha cambiado mi plan. Ni aminorado mi desprecio y repulsión hacia él. Al contrario. Estoy más determinada que antes a cortar con todo esto.

Ayer fui con Lieke al centro, y después de que nos despedimos fui a un negocio de ferretería que vende venenos para ratas. Es un almacén que está del otro lado de la ciudad, cerca de donde vive Margaretha. Este *producto, que viene en una lata sellada, tiene especificaciones muy precisas. Traté de pasar desapercibida, de modo que no hice más que un par de preguntas al vendedor. Sin que hiciera falta y por las dudas puse un pretexto razonable pero estoy segura de que no pudo sospechar nada.*

*Al regresar a casa me temblaba la mano que sostenía mi bolsa con la compra. La mezcla contiene cianuro y es un veneno letal que produce una muerte muy dolorosa. ¿Tendré suficiente valor como para hacerlo? Ahora tengo que juntar fuerza para tomar la decisión y actuar, de una vez por todas.*

## Jueves 23

Esta especie de catarsis que tuvo Tessa en las últimas entradas, con una letra urgente, casi despareja por la emoción que seguro sentía al escribir, me ha perturbado mucho. Las he copiado tal como aparecieron, juntas y de un día para otro, porque no quise interrumpir el hilo de sus pensamientos. Está al borde de la desesperación.

Dice que ha comprado cianuro. Fui al diccionario a interiorizarme de cómo actúa ese veneno y se me erizó la piel al sólo pensar que ella planea un crimen-suicidio de esta manera tan cruel. También encontré que es el veneno más común para varias plagas, como ratas, por ejemplo. La muerte que produce por asfixia de las células es atroz. No puedo creer que ella quiera suicidarse así, ni que tenga el valor para hacerlo, y menos aún para dárselo a otro, en este caso Klaus, su propio marido. Aunque pensándolo bien, no debe haber habido otra alternativa en esa época, para no despertar sospechas. El exterminio de ratas fue (y es) una constante en las ciudades grandes. No quise avanzar más en la lectura de los síntomas que ofrecen las personas envenenadas así. Son imágenes horribles. ¿Por qué no decide marcharse y desaparecer, en vez de pasar por todo el drama que implica un crimen-suicidio? Si tan sólo pudiese comunicarme con ella... ¿Pero qué estoy diciendo? Qué cosa más absurda, ¡ella está escribiéndome desde cincuenta años atrás!

## Viernes 24

Encontré otra entrada interesante en el diario de Paula, que confirma mis sospechas:

*"28 de noviembre de 1963*

*En los últimos días han pasado dos cosas bien importantes. Ya escribí largo y tendido sobre la muerte del presidente norteamericano John Kennedy. Hasta le escribí unos versitos póstumos que claro, no serán buenos, pero sí son sentidos. Mis viejos se entristecieron mucho también. No sé bien por qué. Estamos lejos de su país, pero por acá todos teníamos cariño por ese buen mozo, con una familia tan linda, y en especial tan joven para morir así.*

*Bueno, lo otro es que llegó una carta por correo, a nombre de mamá. Yo la levanté, porque el cartero toca el timbre cada vez que tira correspondencia por el buzoncito de la puerta. Mamá estaba en el almacén y tuve tiempo de mirar los detalles. Venía de Holanda, vía aérea, así que el sobre era de papel liviano, pero con muchas hojas adentro. El borde tiene colores, supongo que los de la* bandera del país. Las estampillas son muy lindas, así que, como tía Maruca es filatelista, pensé en que le iban a interesar. ¡No recibimos cartas de tan lejos todos los días!

Pero no pudo ser. Cuando mamá, siempre la misteriosa, llegó y le di el sobre, reaccionó para el diablo. Se quedó parada, tiesa, mientras estiraba la mano para agarrarlo, casi con miedo. Le dije, riendo, ¡mami, no muerde!, ¡Es de Europa! ¡Abrilo ya mismo! Pero claro, ella no solo no lo abrió, sino que se quedó mirándolo un momento y sin siquiera ver el remitente, (yo lo vi, y decía L. en M. E. o algo parecido, un nombre difícil que no alcancé a memorizar con el apuro), se dio vuelta y se fue a su dormitorio, dejando las bolsas de compras ahí nomás, en la mesa. Yo me ofendí muchísimo y cuando volvió, enseguida, sin el sobre, me di cuenta de que lo había guardado sin siquiera abrirlo. Le eché en cara el que no me contestara nada y ella, todavía colorada de los nervios, empezó a acomodar las compras.

Me quedé ahí nomás, sin moverme y le pregunté si no le iba a dar las estampillas a tía Maruca. Entonces ella se sirvió un vaso de agua y se sentó a la mesa de la cocina. Yo me senté frente a ella. Ahí nomás me explicó que no lo quería abrir, porque era de una vieja amiga de hace muchos años con la que no se escribió nunca hasta ahora. Que no sabía por qué le había mandado esa carta, y que la iba a leer cuando se tranquilizara. Yo la comprendí y le palmeé la mano, aunque le hice prometer que me iba a contar todo lo que dijera la carta.

Esa misma tarde, a la siesta, yo estaba leyendo en la hamaca del patio cuando vi a mamá parada frente a la puerta vidriera de atrás, mirando a los árboles del fondo y con la carta en la mano. Esperé unos minutos por *consideración y me fui a averiguar.*

*Entonces ella me contó que era una vieja amiga que había encontrado su domicilio por casualidad y le contaba cosas sin importancia del barrio en el que vivían cuando chicas, y de algunos amigos viejos que se habían casado y esto y lo otro. En fin, nada importante. Le pregunté el nombre de la amiga, y me dijo que era Lieke. ¡Me pareció un nombre tan raro! Pero ella dijo que era común allá en Ámsterdam.*

*Le pedí las estampillas y me hizo prometer que no le iba a decir a nadie, pero a nadie, de la carta. Y menos a tía Maruca. ¿Y a papá? Tampoco. A ninguno. Son cosas viejas, dijo, que no tienen importancia y yo ya me he olvidado de esa gente. Prometeme. Le prometí, aunque rezongando, porque pienso que no tendría que dejar de escribirse con gente de su juventud.*

*Al día siguiente cuando me quedé sola un rato fui directamente a revisar el último cajón de la cómoda de su dormitorio, donde sé que hay una caja con cartas viejas. Tal cual lo pensaba, ahí estaba el sobre nuevo, abierto, apilado arriba de los otros. Hay en total cinco sobres parecidos, pero con letras distintas. Los viejos no tenían estampillas, las habían cortado del sobre. Y no puedo saber qué dicen, porque no entiendo ni medio de holandés.*

*Ella no me quiso enseñar nunca ni una palabra. ¿Es, o no es misteriosa mi mamá? Ni siquiera le cuenta a papá esas cosas. Aunque él no entiende holandés, claro, y por más que las vea no sabe lo que dicen.*

*El año pasado cuando leí "Garbo", la vida de Greta Garbo de un tal John Bainbridge, me hizo acordar a ella. Pero mi vieja es una madre, ama de casa, no una artista. Se lo dije apenas terminé el libro y se rió mucho de mi ocurrencia.*

*A mí no me parece para nada gracioso que sea misteriosa, y eso también se lo dije ahí mismo".*

Después de leer esas líneas comprendí que sí, que estoy acertada, y que hay una relación entre Adela y Tessa. Al menos los amigos comunes, Lieke y Milan. Pero si eran tan amigas, ¿por qué no ha nombrado a Adela hasta ahora en su diario? ¿Es que son una misma persona? Para creer esto necesito alguna confirmación, aunque por el momento la posibilidad está abierta y es razonable.

## Sábado 25 de Mayo

Primer grito de libertad de la colonia del Virreinato del Río de la Plata, en 1810. Como es feriado nacional, me quedé en casa. Acomodé y limpié a fondo ya que Juan Carlos llega mañana. No veo la hora de verlo y abrazarlo. Las noches han sido largas y solitarias sin él. Extrañé su compañía y también las charlas que teníamos durante la cena.

Volviendo al Diario de Tessa, encontré otra entrada esta tarde, en la que narra una situación que se acelera y deteriora día a día:

*25/5/41, Domingo*
*Ayer Klaus recibió a un grupo de sus amigos en casa, se encerraron en el comedor a beber cerveza y hablar. Son todos compañeros del NSB, y andan armados por la calle. Hay algo más de lo que no he hablado nunca en estas*

*páginas yo creo que ellos pertenecen al Landwatch, la organización parapolicial que ayudó a cercar a todas esas familias en el viejo barrio judío, y también llevó a cabo los ataques que provocaron la huelga de febrero pasado. Esa huelga de protesta contra los pogromos fue aplastada en pocos días, pero ahí se demostró que no todos los holandeses aprobamos lo que está pasando con los ciudadanos judíos, que ahora no pueden moverse porque están cercados con alambres de púa en un área de la ciudad. Peor aún con lo que pasó en el barrio de Waterlooplain, en que la batalla campal que provocaron esos grupos fue usada para seguir deteniendo gente por todas partes.*

*No me gusta lo que sucede aquí, y el tener a uno de los que participan en esas injusticias terribles viviendo bajo mi propio techo me enferma de repulsión. Mi país ha sido ocupado y ahora es un lugar hostil. Nunca creí que esto sucedería.*

*En abril el Reichskommissionar, el detestado Arthur Seyss-Inquart, la máxima autoridad de la ocupación, nos distribuyó a todos los ciudadanos una nueva tarjeta de identificación alemana, que reemplaza a la nuestra. Yo me pregunto, ¿qué hacen, cómo viven realmente bajo esta ocupación germana todos esos países que según los diarios parecen tan contentos? Supongo que igual que nosotros, bajando la cabeza por miedo. Como yo, en mi propia casa. Tengo que terminar con esta situación. Y pronto.*

Me fui de inmediato a buscar datos históricos en nuestra enciclopedia y encontré que sí, ella está contando hechos reales, que se están poniendo (o se pusieron en 1941) peor, día a día, en su ciudad. Tengo miedo por ella, y me preocupa ese plan extremo del que habla.

Mientras tanto, sigo hojeando el diario de Paula y no hay nada que aclare las cosas. Porque se supone que Adela también estaba en Ámsterdam por esos años. ¿Cuál es la conexión entre ellas, si es que la hay, entonces?

Esta noche me encontraré con Lorena, Horacio y otros amigos para cenar un asado en los carritos de la Avenida Costanera, celebrando el cumpleaños de Claudia, la hermana de Lorena. Hace mucho que no vamos allí, y esa es una salida que disfrutábamos a menudo con Juan Carlos. Después del almuerzo, solíamos hacer largas caminata por la Costanera del Río de la Plata. Por suerte, él vuelve mañana. No veo la hora.

*Lunes 27*

Ayer llegó Juan Carlos. Fui a esperarlo a Ezeiza. Como era domingo salí temprano, en el ómnibus, con tiempo para almorzar algo en el aeropuerto. El avión llegó con un poco de demora y yo me senté en uno de los pequeños bares anónimos que tienen mesas de fórmica y sillas livianas de aluminio. Pedí un sándwich y una limonada. Llevaba un libro para seguir mi investigación sobre Holanda durante la última guerra, pero no llegué a abrirlo.

Después de que me trajeran la orden, como las pocas mesas del área estaban llenas, una mujer de mediana edad y muy elegante se me acercó: "¿Puedo compartir su mesa?", "¡Claro que sí!" dije de buena gana. Me interesa hablar con la gente y si son extraños, mejor, aunque aquí no hay mucha oportunidad de hacerlo. El porteño es, por lo general, un personaje hermético, poco dado a conversaciones casuales.

Esto de "charlar hasta con las piedras", según dice

papá, lo he heredado de mi madre. Ella puede hilar las conversaciones más interesantes y hacer contacto con gente en los lugares más inusitados: Las filas para entrar al cine, al supermercado, frente al cajero del banco, en fin, todo sitio con varias personas reunidas y esperando le es campo propicio para socializar. A mi me cansa un parloteo porque sí, pero me da mucho gusto cambiar algunas palabras con alguien que esté dispuesto a hacerlo. Siempre se aprende algo, o a veces se escucha un punto de vista interesante.

Después de que nos presentamos con la señora del aeropuerto y le sirvieron su almuerzo, yo mencioné el vuelo que esperaba de Miami: "Mi marido llega con retraso", me quejé. Evelina, que ese es su nombre, dijo: "Yo estoy esperando a mi hija, que viene en un vuelo de Barcelona". "¿Vuelve de un paseo?", "No, ella vive allí desde hace muchos años".

Conversamos por varios minutos de cosas sin importancia y ella sintió confianza suficiente como para comentar que la separación de ambas había sido forzada *por las circunstancias*. Debo haber hecho algún gesto de curiosidad, porque ella suspiró y dijo: "Si, esas cosas terribles que pasaban en los años setenta. Mi hija era una estudiante de primer año de abogacía y en una manifestación universitaria fue detenida. Cuando la dejaron salir, tenía muestras de haber sufrido un gran castigo físico y emocional. Estaba deshecha. Tuvimos miedo de que volviesen por ella y el ese  día mi marido compró un pasaje para España. Tres días después la despedimos aquí mismo. Desde ese momento ella ha vivido cerca de mi familia, en Cataluña. Yo no pude viajar a visitarla por falta de medios, pero ella viene a veces a vernos".

No supe que decir. Nos quedamos en silencio por unos minutos, y después cambiamos de tema. Hablamos por un rato largo de otras cosas, teníamos tiempo, pero yo no podía dejar de pensar en lo que había escuchado. Nos separamos intercambiando números de teléfono, aunque no creo que volvamos a vernos.

Todavía faltaba media hora para que el vuelo de Juan Carlos llegara, así que me senté en la sala de espera frente a los ventanales, con el libro que no pude abrir descansado sobre mi falda. Pensando en Evelina y su niña de diecisiete años. "Si aquella tarde en vez de dejarla ir a la manifestación la hubiese obligado a quedarse en casa, nuestra vida sería distinta", me dijo al separarnos, cuando le deseé que disfrutara la visita de su hija. "Me he culpado por eso y me sigo culpando". Yo le dije un lugar común, algo como que eso no era así, pero ella hizo un gesto con la cabeza: "Es inútil, yo era la responsable, y le di permiso para ir".

La desventura de esas dos mujeres y su familia me llevó a pensar en Tessa, y su propia desdicha. A los riesgos que viven (o vivieron) ella misma y quienes la rodean.

A reflexionar en afortunada que soy, que somos todos los de mi generación y la que sigue, al estar viviendo en esta época, en que no sufrimos persecuciones o arrestos abusivos. Como el que tuvo que sufrir la hija de Evelina y tantos otros de todas las edades, tan sólo hace una década y media atrás, la mayoría de ellos sin haber cometido ningún crimen, en este mismo Buenos Aires. Yo bien podría haber estado en su lugar. Ella me debe llevar solo unos años. La idea me hizo estremecer.

Por fin el avión en el que llegaba Juan Carlos aterrizó y pronto estuve en sus brazos. Mi cabeza sobre su querido, sólido pecho, mi cuerpo rodeado por esos brazos fuertes que me envuelven con tanto cariño. Ah, qué dulce fue el reencuentro íntimo, a pesar de que él estaba agotado por el viaje. Qué delicia dormir con los pies enredados en los suyos, siempre tan tibios.

Él está otra vez en casa y todo vuelve a su normalidad, es decir, a la relativa normalidad que es mi vida desde que Tessa empezó a comunicarse conmigo.

Estoy feliz de tenerlo de nuevo a mi lado, aunque durante su ausencia tuve mi atención dividida entre sus cortas llamadas y mi ansiedad por lo que debe estar ocurriendo (o ha ocurrido en 1941) en la vida de Tessa. Ella no ha escrito nada después de aquél desahogo que transcribí.

¿Qué estará sucediendo? ¿Habrá tomado alguna medida fatal, es decir, se habrá suicidado, después de matar a Klaus, tal como estaba amenazando? Qué incertidumbre tengo, pero no puedo hacer nada más que esperar.

*Jueves 30*

Recién termino de leer todos los cuadernos que componen el diario de Paula. Esto último que encontré y que se relaciona con su madre, Adela, me desconcertó totalmente. No entiendo nada, pero lo transcribo aquí. Después de esto que puede, o no, ser de interés para mi pesquisa, no hay otra información de valor para develar el misterio de Tessa:

*"18 de febrero de 1964*

*Ya empecé a estudiar para la facultad otra vez. Este año va a ser difícil, ya lo veo venir. Pero qué le voy a hacer, tengo que terminar. Los viejos están bancándome por lo menos este y el que viene. Más allá, no sé. Tendré que empezar a trabajar y rendir libre, supongo. Voy a extrañar el ver a Hugo casi todos los días. Él también está muy metido en los libros y se quiere recibir este año. Charlaremos mucho por teléfono, qué le vamos a hacer. Habrá que darle duro y parejo al estudio. Por suerte mamá ya está recuperada. Nos pegamos un susto tremendo a principios del mes y por eso no escribí por tanto tiempo.*

*Resulta que andaba circulando una gripe jorobada, que da fiebre en seco, sin síntomas de resfrío ni nada. Mamá volvió una tarde de hacer unas compras por El Once y cuando bajó del subte en la estación de casa, dice que se mareó. Llegó en un taxi, pálida y descompuesta. Ahí nomás cayó en cama con una fiebre que volaba.*

*Llamamos al doctor Elizalde, de aquí, del barrio. Por los síntomas dijo que era gripe, y que hasta que no tuviera algún otro indicio no le podía dar nada. Yo le rogué que le dé penicilina, que todos dicen que es muy buena, pero no quiso. Así que me senté al lado de ella, con un libro, cambiándole los paños fríos, manteniendo la habitación fresca y ventilada y dándole mucha agua con limón.*

*Pobre má. Estuvo dos días con la fiebre, se quejaba de dolores del cuerpo, no quiso comer, aunque por suerte* y a sorbitos se tomó un caldo de gallina que le hizo bien. Entre sueños, deliraba. Deliraba en su idioma, en holandés, claro. Pero repitió una palabra tantas veces en esos dos días que me di cuenta que era un nombre. Sonaba como "Gustá" así que me fui a buscar nombres en holandés, pero no había ninguno y creo que debe haber sido Gustav. ¿Quién será? Maldije otra vez lo mucho que ella guarda sus secretos. Porque seguramente esa persona es importante para ella. Y no se trataba de su padre, porque mi abuelo se llamaba Henk. El nombre de mi abuela era Lotte, pero lo que mamá decía no sonaba como nombre de mujer de todos modos.

Lo peor es que a veces mamá deliraba en castellano y mezclaba las cosas. Por ahí dijo algo que me puso la piel de gallina, dijo algo así como....Dónde estás... dónde estás… Y otras cosas en holandés. Tenía voz de desesperación, y se quedó en silencio por largo rato. ¡Seguro que fue un amor que tuvo mi vieja, allá en Europa! ¿Sería ese amor que 'tuvo que dejar' del que me habló el año pasado? Debería haberle pedido más detalles en ese momento.

Decidí que cuando se despertara le iba a preguntar. Pero antes me fui corriendo a ver la caja con cartas amarillentas que tiene escondida en la cómoda. La había cambiado de lugar pero no fue difícil ubicarla. Las revisé todas, hoja por hoja, pero en ninguna encontré un nombre parecido. Apenas se cure le voy a preguntar".

. . . . . . .

"Marzo 10

Ayer, dos semanas después de que se recuperó de su gripe, por fin encontré el momento para hablarle a mamá *cuando nos quedamos charlando solas en la cocina preparando la cena.*

*Le pregunté otra vez por su vida sentimental antes de viajar a la Argentina. Y ella dio vueltas alrededor del tema, incómoda como siempre. Entonces le dije el nombre que le escuché repetir mientras deliraba. Se quedó fingiendo que hacía memoria, con el ceño fruncido, y al final negó con la cabeza y me dijo no, no me acuerdo de nadie con un nombre como ése. Pero noté que se puso muy nerviosa. No me atreví a decirle lo que escuché mientras ella estaba enferma, porque me dio no sé qué. No me gusta verla triste y esos recuerdos la ponen mal.*

*Pensándolo bien, sería tan romántico, ¿no? Aunque mi viejo es un santo, y me daría pena por él, pero igual, el solo pensar que mi mamá, que es tan maternal y doméstica, haya tenido un romance tan fuerte como para rememorarlo así... En fin, me pongo poética y no es mi tipo.*

*Pasemos a otro tema más importante para mí ahora, que es por qué otra vez, Hugo no me ha llamado por teléfono en dos días. Aunque tenga exámenes. ¡Hemos puesto fecha de boda y me dijo que íbamos a elegir los anillos pronto!... ¿Cómo suena Señora Paula de Beltrán? Aunque, si se quiere casar conmigo..."*

Todavía no puedo estar segura de que Adela no sea Tessa. Sin embargo, no hay indicios. ¡Cuánto necesito que siga escribiéndome, que me diga cómo sale (o salió) de este drama doméstico, qué tiene ella que ver con Adela y cuándo la conoce, si es que sucede eso!

O, para resumir, si es que ella sobrevive a todo lo que está sufriendo. Porque, por otra parte, ¿qué sentido tiene el que el diario de Tessa haya estado en la casa de Adela, si no es porque hay un nexo entre ambas mujeres? Es más, ¿por qué está Tessa contándome todas esta historia a la distancia, si no existe una razón? ¿Y cuál es, entonces?

# *Junio*

Me he mordido las uñas por más de una semana y tengo pellejos lastimados en los dedos. Las compañeras en el laboratorio miran con repugnancia cuando me saco los guantes de látex. Y tienen razón. Juan Carlos se enoja y me reprocha cada vez que me encuentra distraída mordisqueándome. Me duelen las yemas de los dedos cuando escribo rápido en la word processor que me traje de Estados Unidos y eso que las teclas son muy sensibles y no hay que hacer ningún esfuerzo como en las viejas máquinas de escribir. Me pongo crema cicatrizante a la noche y juro no hacerlo más, pero cuesta mucho. Es la ansiedad que me produce todo esto que está sucediéndome. Una ansiedad como la que supe tener antes de los exámenes en la secundaria y creí superada para siempre.

Hablando del tema que me consume, he seguido revisando el diario de Paula, estoy pasando de nuevo por los primeros cuadernos, en forma minuciosa, por las dudas, pero que no he encontrado nada de interés tampoco esta vez. Esta actividad me distrae de lo que me preocupa. La razón de mi inquietud es que Tessa no ha vuelto a hablarme, mejor dicho, no ha vuelto a escribir en su diario.

Aunque esto suene descabellado, después de tanto

pensar en ella y saber de su vida, la siento como si fuese una amiga que está en problemas. ¡Si tiene (o tenía) casi mi edad! Ya sé que estoy perdiendo la poca cordura que me quedaba, pero es así. Apareció en mi vida como un cachorrito mojado y friolento y ahora yo también estoy en esto, metida emocionalmente.

Dentro de un rato nos vamos a cenar a la casa de unos viejos amigos que hace mucho no vemos, así que ahora tengo que vestirme, maquillarme y después poner cara de interés cuando todos se enfrasquen en la discusión sobre el desastroso, o excelente, depende de quién tenga la palabra, futuro de este país. En fin. Pero por suerte Lorena y Camila están invitadas. Con ellas lo paso bien, charlando de libros y cine, u otros temas que nos interesan, mientras los otros creen que van a cambiar el mundo gastando saliva de sobremesa, discutiendo sobre política y economía.

## *Domingo 9*

No pude con la tentación y cuando volvimos anoche de la cena, mientras Juan Carlos se cepillaba los dientes y preparaba para la cama, abrí a escondidas el diario de Tessa. Y ahí estaba. Una larga entrada. Lo cerré de inmediato y lo guardé entre la ropa camino a la ducha. Juan Carlos estaba de excelente humor y me pidió que me apurara para reunirme con él en la cama, pero puse una excusa que creo sonó convincente. No un dolor de cabeza, claro.

Cuando entré al baño aproveché para leer el diario tranquila, sabiendo que Juan Carlos se quedaría dormido enseguida, por lo tarde que era y por el tintillo extra que se tomó en la cena.

*6/6/41, Viernes*

*He prometido no ocupar tantas páginas lamentándome por mi situación, no escribir hasta no tener cosas más concretas para ver con un poco de claridad el camino que debo seguir. Pero algo ha sucedido que no puedo dejar de volcar aquí. Siento que debería buscar la forma de ayudar a evitar males mayores, aunque no sé ni qué hacer ni a dónde o a quién dirigirme. Son tiempos peligrosos y yo tengo miedo, así, sinceramente. Porque soy una cobarde, incapaz de arriesgarme. Lo que escuché fue por pura casualidad, ya que no me interesa oír lo que habla Klaus con sus amigotes cuando vienen a casa.*

*Resulta que anoche estaba sentada doblando ropa limpia en la cocina, mientras ellos reunidos en el comedor tomaban y debatían alrededor de la mesa. Las voces se elevaban, excitadas, así que no pude evitar escuchar a través de la puerta entreabierta. Tienen un plan de acción para muy pronto. Parecían niños preparando una fiesta, aunque las fiestas que ellos planean son encuentros macabros en los que siempre alguien sale golpeado, prisionero o muerto. Como decía, las voces interrumpieron mis propias cavilaciones acerca del plan que dicho sea de paso, cada vez toma más cuerpo y solidez en mi mente. Agucé el oído y por lo que pude entender se prepara una gran redada para detener gente joven, en menos de una semana. Tienen piquetes de asalto organizados. Klaus parece uno de los más influyentes y cuando él habla se hace un respetuoso silencio.*

*En resumen, oí que se prepara una gran represalia para vengar una explosión que hubo en una villa donde viven miembros de la Gestapo. Yo lo recuerdo, fue a mediados de mayo pasado, en Bernard Zweerskade y Schubertstraat. Pero no leí que hubiese muertos. También hablaron de otro atentado a vengar, una bomba en el aeropuerto de Schiphol, en el que la oficina de teléfonos de la fuerza aérea alemana fue dañada y hubo heridos. Parece que la redada estará a cargo de la Gestapo y la Landwatch y también de estos espías comedidos del NSB, quienes les ayudarán y Klaus daba directivas a los otros. Han marcado la fecha, el 11 de junio y si es así, faltan muy pocos días. Si Klaus supiera cuánto he escuchado de esos planes me daría una gran paliza, estoy segura.*

*Por suerte no sospecha la pesadumbre que me producen esas pobres gentes que no han hecho nada más que nacer en una familia determinada para merecer tanto desprecio, maltrato y humillación como yo he visto. Pero ¿qué puedo hacer con esta información? Podría avisarle a Lieke para que lo pase subrepticiamente a los miembros del grupo al que pertenece. ¿Servirá de algo? ¿Podrán ayudar aunque sea a unos pocos? Aunque si se salvaran de recibir una paliza o peor, algunas personas al menos, valdría la pena el riesgo. Mañana tendré que encontrarme con ella. Sí. Ya sé. Debo estar loca. Aunque para mí está todo perdido con Klaus. Y si él me matara en un ataque de furia, bienvenido sea. Me evitaría cometer un crimen y un suicidio, como va a terminar sucediendo, y que me llevará al infierno directamente.*

Recapitulando lo que encontré en el diario de Paula; ahora sabemos que Adela (me gusta más su nombre original, Adelheid, pero acá lo tradujeron al castellano en la aduana, seguramente) huyó de Ámsterdam, y que poco antes sufrió una herida en la pierna. ¿Huyó a tiempo, de lo que sea que escapaba, gracias a la intersección de Tessa, quien habló con Lieke antes del 11 de junio? Entonces sería una de las personas que Tessa salvó indirectamente. Si es que salvó a alguien. Y si no, puede ser que se hayan encontrado más adelante y Tessa no ha hablado de Adela en el Diario pues no la conoce todavía. Siento ansias de morderme las uñas, pero me están creciendo gracias al esfuerzo sobrehumano que hago para no tocarlas, de modo que no me las llevaré a la boca cuando termine de escribir esto. Prometido.

## *Miércoles 12*

Anoche Tessa estuvo muy atareada, escribiendo en su Diario. La narración es triste, y veo que ella está llegando al borde del abismo. Solo ruego que no cometa un error, o mejor, que no haya cometido un error. Hablo de matarse, claro. Es que me cuesta tanto pensar que estas cosas ya no están pasando, ¡que ya sucedieron medio siglo atrás y por un misterio inexplicable son registradas ahora para mí! Es cosa de locos.

*11/6/41, Miércoles*
*Hoy es el gran día para el que han estado preparándose Klaus y sus amigotes y quién sabe cuántos bravucones más... Al salir temprano me avisó que esta noche va a regresar tarde, que no lo espere levantada y que me quede en casa todo el día. El viernes pasado por la mañana, mientras volcaba en estas páginas lo que escuché a través de la puerta, me decidí a actuar y llamé a Lieke enseguida, antes de arrepentirme. Nos encontramos después del*

almuerzo en un café cercano. Le pasé la información para su marido y sus amigos. Todo lo que había escuchado. Espero que puedan hacer algo. Aunque me sentí como una delatora infiel a mi esposo, me desespera pensar lo que puede llegar a suceder hoy en esta pobre ciudad tan castigada por el odio y el fanatismo. Rezaré, lo que hago muy pocas veces, por las víctimas, si es que las hay. Quién sabe en qué consistirán esas redadas de las que hablaban, cada día se solidifica un poco más la certeza de que tengo que hacer algo, y pronto, para cortar con todo esto que ya es intolerable.

*(Más tarde, a la luz de una vela, en la cocina)*
*Klaus llegó hace poco, a las tres de la mañana. Yo estaba despierta. Leí hasta tarde y luego, por largo rato, me quedé mirando en la pared el resplandor que entraba por la ventana. Cuando él llegó fingí estar dormida. Cuando lo escuché roncar profundamente, como siempre, me levanté y fui a hacerme un té. Tengo los nervios deshechos. ¿Qué habrá sucedido en esta larga noche ahí, en las calles? ¿Habrán podido ayudar en algo los del grupo clandestino de Milan Eisbertse? Cuántos interrogantes sin respuesta. Lieke prometió venir a casa mañana y si Klaus no está, deberé poner en el alféizar de la ventana del primer piso una servilleta blanca para que ella sepa que puede entrar sin problemas. Parece mentiras las estratagemas que tengo que inventar en mi propia casa. ¡Qué bajo he caído con este hombre al que detesto tanto!*

*13/6/41, Viernes*
*El bruto de Klaus durmió toda la mañana de ayer. No se dignó a levantarse sino a las once, cuando me llamó para*

*pedir que le preparara el almuerzo porque debía salir. Por fin, cuando se marchó, llamé por teléfono a Lieke. Dijo que pasó dos veces por casa, pero siguió de largo ante la falta de una señal segura. Nos encontramos en la casa de Margaretha, quien, para gran sorpresa mía, junto con su marido Gerrit pertenecen también al grupo clandestino de Milan. ¿Cuánta gente que conozco estará haciendo cosas subrepticiamente para desafiar a las tropas de ocupación? Me siento como una ignorante que ha vivido sin saber qué pasa a su alrededor.*

*Pero Lieke me explicó, con su habitual paciencia, que ella nunca me hubiese hablado si yo no iniciaba el tema porque ellos no sabían con seguridad qué es lo que yo pensaba y si estaba o no de acuerdo con mi marido y su postura política. Es razonable. Yo tampoco hubiese confiado en la esposa de un individuo como Klaus. ¡Qué triste papel he cumplido hasta ahora! Pero vuelvo a lo que quería contar. Me cuesta mucho ponerlo en palabras. Las redadas que planeaban fueron ejecutadas por la Gestapo en los barrios judíos, la mayoría vestidos de civil.*

*Detuvieron a hombres jóvenes y los arrancaron de sus casas. Algunos se salvaron por casualidad (¿o porque les avisaron anticipadamente, por suerte?), pero los detenidos fueron muchos, no se sabe la cifra, y se dice que los trasladaron directamente hacia un lugar llamado Mauthausen, cerca de Linz, en Austria, y los tendrán prisioneros allí. También me dijeron que en todos los países ocupados por Alemania están llevándose por la fuerza a grandes cantidades de gente, más de lo que se rumorea por ahí. Que hay campos de trabajos forzados en los que están pasando cosas horribles. Volví descompuesta a casa. Me siento enferma de asco y de miedo. Agradezco al cielo el no haber tenido hijos que deban vivir aquí, así.*

Fui rápido a la biblioteca a buscar material más detallado. Encontré algunos libros de historia de Holanda que registran episodios lamentables, llevados a cabo por la Gestapo, en particular luego de la gran huelga de febrero del 41, que Tessa mencionó en detalle. No hallé nada sobre una noche de redadas en Ámsterdam en junio. Quién sabe cuántas noches así se habrán sucedido. Leí que hubo un movimiento clandestino de grupos de resistencia que se fue solidificando entre la ciudadanía, los que se identificaban como holandeses ante todo y resentían a las fuerzas ocupantes. Al parecer falsificaron documentos, corriendo grandes riesgos, para ayudar a que los perseguidos salieran de Holanda. Pero como los países limítrofes estaban también bajo ocupación alemana, el huir, en particular después del 41, se tornó muy arriesgado y difícil.

Imagino que los amigos de Tessa estarían entre los valientes que se jugaban la vida. ¿Se unirá Tessa a ellos para trabajar por la gente que le inspira tanta pena? Me pregunto, ¿se lo habrá planteado, siquiera? Ella ha declarado muchas veces que se siente cobarde ante lo que pasa. Esta incertidumbre que vivo es como para comerse las uñas. Pero no. No lo haré.

*Sábado 15*

Yo estaba equivocada. Los pensamientos de Tessa van por otro lado. No se le ha ocurrido liberarse de alguna forma y trabajar con sus amigos, aunque no sé cuánto está ella convencida con la causa de la resistencia. Al menos, me tranquiliza pensar que le repugna profundamente lo que sucede a su alrededor con respecto a las tremendas cosas de las que es testigo. Lo que sigue es su última entrada, la encontré esta misma noche y la Tessa que escribe está deprimida y deshecha. A punto de cometer una locura. La decadencia moral en la que está hundiéndose su marido, alentado por los matones racistas que lo rodean la está destruyendo. Cuando lo leí casi me da un ataque de pánico. Pero no hay nada que pueda hacer desde aquí. Soy una testigo amordazada por el tiempo y la distancia. No, en serio. Aunque suene teatral, y dramático, es lo que siento. (Cómo se reirían unos cuantos que conozco, si leyeran estas líneas...).

Esta es su última entrada:

*16/6/41, Lunes*
*Después de todo lo que he sabido me cuesta tolerar a Klaus, quien parece encontrarse en la cúspide de su realización personal. Los ojos brillantes y entusiasmados, hablando con misteriosos interlocutores por teléfono y hasta riendo en ocasiones, esperando que yo lo secunde en su poco clara alegría. En cambio mientras más satisfecho él parece, mi asco aumenta en forma exponencial. Me resulta un esfuerzo muy grande no demostrarle la repugnancia que me inspiran sus borracheras, sus vómitos en el piso cuando entra casi inconsciente al departamento.*

*Cumplo con mi papel de esposa servicial, pero ayer él llegó a casa violento y me dio otra paliza en la que me magulló la cara. Cuando caí al suelo después de tropezar en una silla a mis espaldas, él continuó pegándome puntapiés con sus pesadas botas. Yo me enrollé, me hice pequeña tratando de evitar los golpes, pero me dejó las* piernas llenas de moretones y el torso maltrecho. Un puntapié fue cerca de un seno y tuve miedo, porque recordé que mi madre me previno contra golpes, por el riesgo que se corre.

Al fin, saciado su odio, se sentó a tomar otra cerveza mascullando insultos en contra de mí. Sin explicación. Por un momento temí que se hubiese enterado de mi delación, pero no, no dijo nada. Dios sabrá qué o quién provocó este ataque. Después se echó en la cama, boca abajo, a roncar como un cerdo. Yo me arrastré a darme un baño tibio, me cubrí de ungüentos para el dolor y las magulladuras y me tiré a dormir en el sofá de la sala. Antes de conciliar el entrecortado sueño, ya había tomado mi decisión.

Mi existencia no es nada. No tiene objetivo ni razón de ser. Todo está invertido en mi mundo. Mejor terminar de una vez. Con él y conmigo. Dos seres sin ningún valor. Hoy, apenas me quedé sola, acomodé con cuidado mis papeles, destruí lo que no quería que alguien viera, separé las prendas en mejor estado para dejársela a Lieke que disponga de ellas, e hice una pila de ropa usada para dar a la iglesia del barrio. Ubiqué mis alhajas en otra caja más pequeña, a nombre de Lieke también. Limpié el departamento con esmero y me hice un fuerte té de tilo. Entonces, con calma, me dispuse a preparar el veneno para ratas que compré tiempo atrás.

Tengo todo listo para esta noche. Y, cosa extraña, no tengo miedo de morir. Al contrario. No creo en el castigo eterno. Por eso no temo cometer lo que me enseñaron es un pecado mortal, y por partida doble. El infierno está aquí, entre nosotros. Anhelo un poco de paz, y el silencio de la tumba, visto desde aquí, es un futuro atractivo.

*Jueves 20*

Después de este grito desesperado anunciando lo peor, han pasado los días y no hay ninguna entrada en el diario de Tessa. ¿Habrá llevado a cabo el terrible plan? No puedo pensar en otra cosa, y todo lo que sucede a mi alrededor ahora es intrascendente. Como si lo real fuese el mundo increíble de estas anotaciones misteriosas que me está pasando con cuentagotas... ¿quién? ¿Una mujer llegando al límite, quien tal vez ya no existe en 1991? Suerte que Juan Carlos no sospecha nada, aunque me cuesta cada día más ocultarle esta historia. Aun así, pienso que es lo mejor. Lo mejor es dejar las cosas así, esperando a ver qué sucede.

*Domingo 23*

Como hoy llueve a cántaros y está frío, nos hemos quedado en casa. "¿Querés que haga tortas fritas para el mate?" pregunté. Juan Carlos contestó con ojos brillantes: "¡Claro que sí! ¿Tenés ganas de hacerlas?" Yo le di un beso en la punta de la nariz. "Por eso te las ofrezco". Después de charlar un rato mateando como todos los fines de semana cuando estamos en casa, él se acomodó en el sofá frente al televisor, a mirar una película vieja, *El halcón maltés,* que ya vimos varias veces. Ahora yo voy a planchar ropa para la semana mientras trato de concentrarme en las idas y vueltas de Humphrey Bogart.

Hice varias escapadas a mirar el diario de Tessa, pero no hay nada nuevo, sigue en total silencio. ¿Estará viva aún? Y si es así, ¿qué habrá sucedido? ¿Y si Klaus encontró el diario antes de que ella pudiese llevar a cabo el plan? No quiero ni pensarlo.

*Viernes 28*

Está por terminar el mes y la ausencia de noticias de Tessa me tiene mal. Tan mal que no puedo concentrarme en la lectura del libro que tengo a medio leer, y eso es grave. No puedo terminar el capítulo que empecé hace tres semanas.

# Julio

## Martes 3

Ya es julio y todo sigue igual. Sin noticias en el diario. Por lo demás, la rutina del trabajo, ida y vuelta a la misma hora y algunos intervalos para salir a cenar con amigos, al cine o juntarnos a tomar un café con Camila o Lorena, no ha pasado nada notable. Tessa no ha escrito más y temo por su vida. Si es que algo le ha sucedido, ¿cómo podría enterarme? Sería como para volverse loca, realmente. Frustración total. No tendría a quién acudir para saber qué sucedió. Entonces mejor no me anticipo a los hechos.

He buscado otra vez, pero no encontré nada muy grave que haya sucedido en Ámsterdam en esta época del año 41, además de las penurias que ya conozco. El nombre Klaus Barreveld no figura en ningún lugar. No debe haber tenido ninguna actuación importante en esa época. Claro, no he leído todo lo que se ha publicado sobre el tema. Sería imposible. Tendría que investigar pidiendo datos a la Embajada de Holanda, pero seguramente será un trámite largo. Esperemos un poco más. No puedo hacer otra cosa. Me enorgullece decir que no me he vuelto a morder las uñas. Todavía.

## Domingo 7

Fin de semana de la Independencia del 9 de Julio. Nos

dieron libre el lunes en el laboratorio, pero ayer sábado tuvimos que hacer algunas horas extras, porque si no este proyecto se atrasará. Estamos muy atareados allí y eso es bueno, ya que el tiempo vuela y no me deja pensar mucho en lo que me tiene tan preocupada. Quiero distraerme y este fin de semana será especial para eso. Hoy tenemos salida con los amigos a comer locro y empanadas, y mañana iremos a ver a *Soda Stereo* en el Gran Rex. Hace meses que tenemos pensado ir. Conseguimos entradas para este concierto, que seguro va a ser como todos los de este año, increíble. No nos queríamos perder al menos uno de la "Gira Animal". Y para rematar, los del laboratorio nos invitaron a un asado para el 9, Día de la Independencia. Mejor no se puede pedir. Va a hacerme bien una distracción del tema que me consume.

*Miércoles 10*

¡Yo sabía! ¡Yo sabía que si me descuidaba, justo ese día iba a haber novedades! Me convencí de no mirar el diario de Tessa durante todo el fin de semana (que fue sensacional, diez puntos, dicho sea de paso), y anoche, antes de irme a la cama le eché una ojeada por las dudas. Y AHI ESTABA. TODO. Lo leí mientras Juan Carlos dormía, por suerte. El pobre estaba agotado después de una tarde de patear el fútbol con los muchachos en el parque de la casona de Eduardo Acuña (vice presidente de finanzas del laboratorio), en las afueras de la ciudad, mientras nosotras charlábamos protegidas en su hermoso quincho. Lo que sigue me ha sacado un gran peso de encima y le perdono a Tessa una ausencia tan larga, porque yo tampoco hubiese podido escribir una línea con todo lo que pasó. Tengo que dar gracias (¿al cielo? ¿A Dios? ¿A la suerte? ¿A la Providencia?) porque ella está a salvo:

*8/7/41, Martes*
*Mi vida se ha transformado de un día para otro, pero no como lo planeé tan cuidadosamente. No soy más la mujer que era antes. Pronto tendré otro nombre y otra identidad. Soy una fugitiva. Necesité varios días para poder sentarme a escribir lo que sucedió y sé que Lieke, mi protectora y querida amiga, reprobaría el que lleve un diario íntimo, pues es un peligro tenerlo conmigo en estas circunstancias. Por ello no voy a mencionárselo nunca.*

*(Debí hacer una pausa para hilar mis ideas, dispersas por tantos sucesos).*

*Veamos. Mi última entrada fue escrita hace casi un mes. Parece que sucedió más de un año atrás. El tiempo se experimenta de una forma tan extraña. Cuando estaba en mi hogar, soportando a Klaus y sus maltratos, los días se arrastraban eternos. En cambio ahora, menos de treinta días han pasado con tal intensidad que el tiempo parece haberse extendido, elástico, para albergar tantos sucesos. Aquel 11 de junio en el que se llevaron gente por la fuerza en algunos barrios de la ciudad, no solo cayeron judíos sino también otros, sospechosos de protegerlos o ayudarlos. Me enteré de los detalles a través de Milan. Hubo tragedias increíbles esa noche y, al parecer, detuvieron a jóvenes que pertenecían a familias de distintos orígenes, por razones desconocidas. ¿Tal vez venganzas personales? La mayoría de ellos fue trasladada a Mauthausen, un campo de trabajos forzados del que se dice casi nadie regresa.*

*Quién sabe cuántas otras cosas innombrables*

estarán sucediendo en estos tiempos, en los que la policía mira sin ver y los holandeses nos sentimos desprotegidos ante un terror organizado que no podemos entender ni controlar. Al menos para mí, que no sé nada de política, esto es inexplicable. Vuelvo a lo que sucedió en casa. Esa noche yo tenía el veneno preparado para dárselo a Klaus y también beberlo yo, pero él se demoró en llegar. Fue una larga vigilia en la que una gran cantidad pensamientos encontrados cruzaron en tropel y desorden por mi mente.

Casi enloquecí esperando. Tuve que beber, lo que nunca, un vaso de aguardiente. Me quemó al pasar, pero mis nervios se estabilizaron como por arte de magia. Y me ayudó a soportar las horas de angustia hasta que tomé la decisión de marcharme antes de que él llegara. Comprendí que mis amigos tenían razón, que había una salida, y que los papeles que me ofrecían con tanta insistencia Lieke y Milan serían mi salvoconducto a una nueva vida. Entonces tomé el teléfono en un impulso y los llamé. Ellos dormían, pero Lieke respondió, y al hablar noté alivio en su voz. Me pidió que hiciera una maleta pequeña y que ellos me esperarían a dos cuadras de mi departamento. ¿Ahora? Pregunté. Si, ahora, no dudes más, en vez de cometer una locura, deja todo eso. Y sus palabras eran, en esencia, lo que yo necesitaba para volverme atrás en mi plan.

Es increíble cómo la posibilidad de una muerte cercana nos hace huir en sentido contrario. Tenía mis ropas ordenadas, solo necesité unos quince minutos. Llené una valija con ropa diversa, mis documentos, este diario y la cajita con mis joyas, ya que no sé cuándo deberé echar mano a ellas para pagar mi salvoconducto, a donde sea que me lleven las circunstancias. Después de eso, la memoria de la huida se confunde en mi mente.

Bebí otro poco de aguardiente para darme valor y bajar las escaleras con la maleta en una mano y el abrigo en la otra. Iba calzada con un sombrerito de velo que tapaba a medias mi cara y zapatos cómodos para caminar o correr, si fuese necesario. Serían las cuatro de la madrugada. No había nadie circulando en las calles y caminé casi apoyada en las paredes para no hacer sombra y que alguien de lejos me viera.

Un par de cuadras más adelante Lieke y Milan me esperaban en su auto, con los focos apagados, tal como me prometieron. Subí rápidamente al asiento trasero y él, sin encender las luces, puso en marcha el motor y nos alejamos rápidamente del barrio. Nadie nos vio. No nos cruzamos con nadie. Mi corazón latía como loco y parecía que quería saltárseme del pecho durante todo el trayecto que hicimos en silencio.

Me llevaron a un destino temporario, un cuarto en un departamento anónimo de un edificio como tantos en la ciudad, donde hay alojadas otras mujeres que están en mi situación esperando un salvoconducto para poder salir del país eludiendo a las autoridades. Entramos Milan y yo. Él tocó a la puerta y le abrió una mujer encargada quien nos hizo pasar de inmediato. Sin hablar una palabra, ella nos guió a un ascensor y entramos al departamento, que ocupa casi todo el piso y tiene muchos cuartos y un par de salones de reunión.

Mi habitación es pequeña, prolija y espartana. Solo el mobiliario esencial, una mesita, silla y ropero pequeño contra la pared. Pero está limpia y tiene una cama amplia y prolija. Parece cómoda y yo estoy agotada aunque no sé si podré dormir después de lo que he vivido. Después de lo que he hecho al abandonar lo que fue mi hogar hasta hace *unas horas.*

*9/7/41, Miércoles*

*Anoche no pude seguir. Mis ojos se cerraban de sueño y cuando apagué la lámpara quedé dormida al instante. Fue la primera noche en mucho tiempo que he dormido profundamente, sin despertar sobresaltada una y otra vez. Descansé bien, pero durante el día he estado muy nerviosa. Las pensionistas tenemos prohibido asomarnos siquiera a la ventana. Las mujeres que me rodean no son muy amistosas. Imagino que todas tienen miedo de algo. Nos cruzamos en los pasillos y las salitas de estar.*

*Lieke vino alrededor de las diez de la mañana para hablar conmigo. El plan es que esté escondida aquí al menos por unos días, mientras ellos consiguen los papeles para que pueda salir con una nueva identidad a la calle. Margaretha vino hoy después del almuerzo y me cortó el cabello como un varón. Allá fueron mis largos bucles claros, a una bolsa que harán desaparecer en algún lugar lejano. Con destreza que no le conocía, me aplicó una tintura castaño oscuro que, sumado al corte, me cambia la cara totalmente. Parezco otra mujer en el espejo. Fue un choque, pero Lieke dice que así debe ser. Una transformación total.*

*Ella se llevó mis ropas hoy y las va a cambiar por otras ajenas, para que si alguien me ve en la calle no identifique nada que pueda haber sido mío. Tengo sentimientos contradictorios. Por un lado yo quise esta huida, pero fue un impulso, resuelto en menos de una hora y durante una noche infernal que no olvidaré nunca. ¿Cómo podría olvidarla? La llevaré conmigo para siempre. Una noche atroz, de culpa, de dolor y de haber cortado con todo lo conocido.*

*Ahora tengo que encarar el verme y sentirme otra persona. No será fácil, aunque temo que me persigan, que los correligionarios de Klaus me busquen. Estoy segura de que moverán cielo y tierra para hallarme. Por eso acepto todo este cambio. Pero no me arrepiento de nada. En particular, no me arrepiento del daño que le hice. Se lo merecía. Ahora debo protegerme de la caterva de matones que son sus amigos y que tienen por deporte favorito el perseguir gente. Estoy segura que si se lo proponen, pueden encontrarme en esta ciudad.*

*La mujer que administra y coordina este refugio es amable pero distante, se presentó como Anouk, pero estoy segura que no es su nombre verdadero. Aquí vivimos como en un salón de espejos deformantes de un parque de diversiones. Nuestra imagen es de acuerdo al espejo en que nos miremos. La mía hoy no tiene nada que ver con la Tessa que fui ayer. Es decir, que no sé ni quién soy, ni a dónde iré a parar en los próximos días. Sé que soy libre, aunque no siento que mis ligaduras hayan sido cortadas. Es como estar suspendida, pero no sé de dónde ni de qué hilo.*

Lloré leyendo esas líneas. Era tal como si una amiga me estuviese confiando sus más terribles secretos. Y, en efecto, Tessa lo está haciendo, se está confiando a una desconocida que ni vive en la misma época. Pero por fin estoy tranquila por ella. Sé que de ahora en adelante no hay retorno al infierno que describía al lado de Klaus. Y eso me hace feliz. Me voy a la cama mucho más tranquila.

*Viernes 19*

Juan Carlos se ha quedado a trabajar hasta más tarde, y la salida al cine que teníamos planeada se canceló. Es una pena, aunque a mí me viene muy bien para seguir adelante con las transcripciones de Tessa. La verdad es que, hojeando este diario mío, veo que ella ha cambiado mi vida y que lo más interesante que sucede está en los tramos en que copio las entradas de ella.

He dejado de hablar aquí de mi familia y amigos, para convertirme en el eco de esta mujer misteriosa que vivió (¿vive?) en otra época. Es como si ella me lo pidiera. Ya sé. Es un disparate, porque todo esto suena irreal. Pero está sucediendo, y yo me dejo llevar por la situación como flotando en una corriente. Un impulso muy fuerte me dice que lo haga por ahora. En una de ésas es solo curiosidad. Pero tengo que hacerlo.

Tessa:

*12/7/41, Sábado*

*Después de varios días de cambios de apariencia tan radicales y de esperar una tarjeta de identidad alemana y un certificado de nacimiento falsos, comprendo la total dimensión de lo que he hecho. Y el peligro que corro. Margaretha dice que, si es que alguien debe huir de algo, esta es la mejor época para hacerlo. Ellos están trabajando activamente para sacar gente del país, de modo que lo ven con naturalidad.*

*Yo manifesté remordimiento por tomar un nombre que podría usar alguien que esté a riesgo de ir a parar a un campo de trabajos forzados. En comparación, yo soy responsable de mi situación nadie golpeó a mi puerta para detenerme porque sí. Pero ellos me dicen que lo mío es nimio en la gran cantidad de papeles falsificados que se* distribuyen. Y quiero creerles, aunque tenga miedo de que me encuentren (lo que es una posibilidad real), porque no soportaría más culpa de la que ya siento por mis acciones.

Se habló de un segundo escondite, más cercano a la costa, pero nadie dice nada, Anouk responde con evasivas y leo en sus ojos que me cree una imprudente por preguntar. Al partir me despediré de Lieke, Margaretha y los demás, tal vez para siempre. Quién sabe si volveremos a vernos. ¿Terminará esta guerra algún día? Se comenta que los alemanes van a perder. Pero si ellos son triunfadores, este país ya no será el mismo. Nadie querrá regresar.

18/7/41, Viernes

Ayer después de la cena estuvieron aquí Milan y Lieke. Vinieron a traerme los documentos que me acreditan como otra persona; una nueva tarjeta de identidad y un certificado de nacimiento falso. También me hicieron, por primera vez, un resumen completo de las cosas que han sucedido en las últimas semanas. Desde este mes, las tarjetas que les han provisto a las personas de origen judío llevan una inmensa J que los identifica como tales, de modo que no pueden mezclarse con el resto de la población. Qué terrible, qué injusto.

Milan me explicó que eso hace que todas las nuevas tarjetas que no lleven esa marca sean miradas por arriba, sin mucho control en las rutas, lo que me beneficia. Yo no me alegré. Es como si estuviese aprovechándome de algo tremendo, y que, aunque no soy muy practicante de mi religión, estoy convencida es un pecado muy grave. Me dijo también que en cualquier momento la situación empeorará ya que hay un plan, no anunciado todavía, de confiscar los bienes, cuentas bancarias y cualquier otro valor depositado a nombre de judíos. No explicó cómo sabe semejante cosa. Imagino que en su grupo hay espías en puestos claves del gobierno.

La conmoción y las órdenes que llegan de arriba hacen que las fuerzas del orden, (en fin, llamémoslas así), estén ocupadas en perseguir a determinadas personas, estrictamente por raza. Antes de partir Lieke y Milan me confesaron algo que me alarmó: "Dos días después de que dejaras tu casa, nosotros recibimos la visita de tres miembros de la Landwatch," dijo Milan. "Preguntaron cuándo te habíamos visto por última vez. Nos interrogaron con las usuales malas maneras", Me alarmé muchísimo, pero me tranquilizaron: "No pasó nada más que un interrogatorio en el que nosotros contestamos estrictamente lo necesario como para que nos creyeran. No te preocupes, estamos acostumbrados a este tipo de cosas, es parte del trabajo".

Ellos coinciden en que tengo que tratar de salir del país cuanto antes. La ruta que sugieren y que es la más sencilla sería cruzar a Francia. "Estamos tratando de obtener los pasajes". Yo busqué un anillo de diamantes entre mis joyas y se lo entregué. "Aquí tienes," le dije a Milan "para que lo vendas". Él lo inspeccionó, y después de pagar el boleto me dará el resto en dinero corriente, para usarlo en mi viaje. "Quiero que me digan sinceramente cuán peligroso será para mí, a pesar de mi nueva apariencia, este camino que voy a seguir" les pregunté, y me aconsejaron que a donde quiera que vaya, trate de perderme entre la gente, pasar desapercibida, por las dudas. Estaban muy preocupados por mi seguridad y me hicieron preguntas reiteradas sobre lo que sucedió aquella *noche, antes de dejar la casa. Imagino que será por si los interrogan nuevamente. Yo rememoré todo en detalle, una vez más.*

*Quedamos en que hoy pasarán a buscarme después de medianoche. Han reservado hospedaje en un hotel familiar cerca de la estación central de trenes. Ellos conocen a los dueños y son de confianza. Me alegra dejar este departamento tan triste y frío, y a sus hoscas pensionistas, en particular Anouk, pero estoy nerviosa pues será mi primera salida a la calle con mi nueva identidad.*

*Ellos opinan que antes de viajar tengo que sentirme cómoda en este rol. "Tengo que reconocer que no me siento nada cómoda", admití. Lieke me dijo, guiñándome un ojo: "Prueba a jugar a que estás filmando una película, y actúa en consecuencia cuando salgas o te encuentres con gente. Como si fueses una gran actriz representando un personaje. El de tu nueva identidad". Voy a tratar de seguir su consejo, pues no quiero que me encuentren.*

Cuando leí lo que antecede me tranquilicé porque ya está en camino, bien aconsejada y los bravucones del marido y sus amigos tendrán bastante dificultad para ubicarla. ¿En qué terminará todo? ¿Cuándo se cruzará con Adela? Esto es como leer entregas semanales de una novela de suspenso.

Ay, Tessa, ¿por qué me habrás elegido a mí para contarme todo esto, gota a gota? ¿Qué sentido tiene, además, lo que estoy viviendo? ¿Habrá una explicación? Me voy a preparar algo para la cena, ya son las nueve de la noche y Juan Carlos dijo que saldría ocho y media del laboratorio. Después nos dormitaremos frente a la tele, como siempre que estamos agotados.

*Domingo 28*

Ninguna novedad de Tessa.

*Bastante más tarde hoy:*
Antes de irme a la cama, acabo de encontrar una nueva
entrada en el diario. Tessa bien puede ser Adelheid:

*29/7/41, Martes*
*Necesité muchos días para recuperarme de la despedida.*
*No quiero hablar de ello. Me duele de una forma física.*
*Lieke es una hermana para mí. Desde las épocas en que*
*íbamos juntas a la misma escuela secundaria de nuestro*
*barrio. Tengo los ojos rojos e hinchados de tanto llorar.*
*Llegar aquí provocó una catarsis. Hice duelo durante tres*
*días enteros, encerrada en el pequeño cuarto de dos*
*camastros al que por suerte todavía no había arribado la*
*pensionista que hoy me acompaña. Sola, me desahogué por*
*todo lo que no pude dejar salir hasta entonces: La muerte*
*de mis padres, la entrada de los invasores a mi ciudad, la*
*transformación de Klaus de un hombre reservado, algo*
*hosco y distante pero ocasionalmente violento, en un bruto*
*cegado por el alcohol y el poder sobre gente indefensa. No*
*tuve el consuelo de poder llamar a Lieke, y tampoco me*
*atrevo a salir más que un par de horas por día, a ejercitar*
*mis piernas en largas caminatas.*

*El hospedaje, sobre la Sint Nicolasstraat, tiene una*
*portada anónima y pasa desapercibido. Está cerca de la*
*estación central de trenes. Ahora mi único consuelo es*

poder desahogarme en estas páginas. Dos días atrás llegó una mujer a compartir el cuarto. Se presentó como Inge y es, estoy casi segura, otra fugitiva. ¿De qué? No tengo idea. No parece judía, aunque es difícil saberlo, en última instancia somos todos posibles judíos. ¿Cómo saberlo a ciencia cierta? A menos que uno rastree con autoridad a nuestros antepasados, nadie sabe nada con certeza. La ley de Núremberg de 1935 establece que cualquier persona que tenga tres abuelos de ese origen es considerada como tal. Nos miramos con desconfianza por un tiempo, para luego conversar discretamente y con respeto por lo que imaginamos está pasando la otra.

Mis papeles falsos y el boleto de tren que saldrá el domingo 3 de agosto hacia el este, hacia la libertad que significa cruzar la frontera y desde Francia entrar a España, están en una bolsita cosida a mi corpiño. En una banda de tela doble, atada a mi cintura bajo la ropa, llevo el dinero en efectivo y el resto de mis alhajas. No puedo perderlos. Será un viaje largo, con escalas.

Tengo que prepararme física y emocionalmente para lo que voy a emprender. Es curioso cómo me he acostumbrado a simular ser esta otra y a fuerza de ver mi nueva imagen en el espejo, es como si también yo estuviese cambiando por dentro.

30/7/41, Miércoles

Anoche Inge regresó a nuestro cuarto temprano y al poner su bolso de mano sobre la silla, alcancé a ver una fracción de un periódico que tenía doblado a medio guardar. Es una publicación de los grupos de resistencia, que ya vi en la casa de Lieke y Milan, el Het Parool. Apenas notó que yo lo vi, dio un salto y levantó el bolso, lo cerró y lo guardó dentro *de su armario con llave. No me importa. Sospecho que la están ayudando los Engelandvaaders, los que trabajan con los británicos para espiar y ayudar a salir a mucha gente cruzando el Canal hacia Inglaterra. O tal vez otro grupo clandestino. Es cosa de ella. Nosotras no nos preguntamos nada aunque imaginamos y suponemos todo.*

*Me siento cada día más segura y resguardada bajo este disfraz. Compré un par de medias de seda nuevas y también unos zapatos más cómodos. Me costaron mucho dinero, porque desde la ocupación hay escasez de todo. En el bolso llevo galletas y un par de latas por si necesito comer y no encuentro dónde comprar alimentos. Repaso una y otra vez los detalles e instrucciones que me dieron. Debo tener cuidado en pintarme las raíces del cabello apenas comienzan a crecer. Margaretha me ha provisto el equipo para hacerlo con facilidad en el baño. Haré un retoque de color el día antes de partir. Por lo demás, tengo todo preparado. Camino hasta la estación de trenes y vuelvo, descanso y leo mucho. Rezo también, para que Dios me perdone mis malas acciones y me de fuerzas en lo que voy a emprender.*

# Agosto

*Domingo 4*

En unos minutos voy a preparar la cena, así que aprovecho para hacer unas líneas. Hoy es el día en que Tessa parte (¿partió? Imagino que en tiempo pasado, porque en Europa ya hace rato que es de noche), de Ámsterdam. Ya sé que suena insensato. Pero es como si lo estuviese viviendo ahora. ¡Porque ella me lo está escribiendo AHORA! ¿Cómo no voy a sentirlo en tiempo presente? Pasé el día pensando en cómo le habrá ido, aunque sé que no va a escribir por unos días. Y es razonable. Tengo que parar la ansiedad que me da todo esto porque me distraigo, Juan Carlos no entiende nada, y termina enojándose conmigo. A propósito, es una pena que él y yo estemos tan desconectados afectivamente. Desde que volvimos a Buenos Aires no somos los mismos. Es como si estuviésemos en suspenso, esperando algo. No sé cómo explicarlo. Hubo una tregua cuando él se marchó y al regreso. Pero después, no sé si es la rutina, no sé si es este diario que cayó en mis manos, pero estamos alejados como nunca. Cada vez que quiero empezar a hablar de lo que pasa, la incomunicación sale a la luz y terminamos con la cara larga y reprochándonos las mismas cosas uno al otro. No sé qué nos sucede.

*Dos horas después, antes de ir a la cama:*
Escamoteo este ratito para anotar que SÍ, Tessa me escribió, por suerte. Ya está en el tren, rumbo a Francia, y aunque son unas líneas nada más, es mejor que nada:

*3/8/41, Domingo*
*Estoy sentada en el tren que va de Ámsterdam a Bruselas vía Rotterdam. Es de noche y escribo bajo una luz mortecina porque los otros pasajeros ya duermen. Mi letra es despareja por el traqueteo del tren. En el compartimiento viaja un matrimonio de turistas austríacos que llevan una niñita de unos seis años, con los que he intercambiado sonrisas y dulces desde que partimos. Él ronca apaciblemente ahora y la nena duerme en brazos de la madre.*

*Al partir conocí a Annette Egger, una amable mujer con la que entablé conversación en el andén de la Centraal Station, mientras esperábamos para abordar el coche asignado en nuestros boletos que, casualmente, resultó ser el mismo. Nos alegramos muchísimo. Ella iba hasta Roosendaal, justo en la frontera con Bélgica, y de allí va a pasar unos días en Vlisingen, en la costa, con unos primos.*

*El tren tiene coche comedor, de modo que fuimos también a comer algo juntas. No pudimos conversar, ya que estaba tan concurrido que tuvimos que compartir nuestra mesa de cuatro con dos señores en aparente viaje de negocios a Bruselas. Annette es una mujer un poco mayor que yo, pero su rostro tiene huellas de sufrimiento y sus ojos una tristeza profunda.*

*Durante la cena, mientras nuestros compañeros de mesa hablaban, yo recordé un comentario de Lieke y Milan, sobre los llamados Engelandvaaders, los grupos que se dice ayudan a cruzar fugitivos a Inglaterra y me distraje fantaseando que ella es una mujer que lo ha perdido todo y está viajando con papeles falsos. Por ello debe haberse acercado a mí, para no ir sola. Se nota que huye, tiene el gesto alerta de los animalitos silvestres en la granja donde pasábamos un mes todos los veranos con mis padres cuando yo era niña. ¿Tendré yo el mismo gesto?*

*Si está huyendo y va a la costa, es posible que desde Vlisingen también ella salga en alguno de los botes de contrabando que se dice cruzan de continuo por toda la zona, con gran riesgo de perecer bajo las balas alemanas.*

*Compartimos el viaje por corto tiempo y ella descendió, pero antes, y por un impulso mutuo, nos abrazamos muy fuerte, deseándonos buena suerte. Me entristece pensar que no sabré nunca cuál fue su destino. Si es verdad que va de visita a la casa de familiares, o si está por emprender un viaje peligroso en el que se jugará la vida en la oscuridad de la noche, surcando las aguas del Canal.*

*Voy a salir a tomar un poco de aire y estirar las piernas caminando por el pasillo del coche. No tengo sueño. Estoy demasiado excitada con todo lo sucedido como para aflojarme y dormir.*

## Martes 6

Tessa no ha agregado ni una línea desde el día en que subió al tren. No le debe ser fácil encontrar tiempo y lugar adecuado. Tampoco querrá que todos vean que está escribiendo un diario.

*Jueves 8*

Por fin puedo seguir la ruta de Tessa. Muy interesante y detallada narración, con la que he avanzado bastante en este acertijo que está escribiéndose frente a mí como por arte de magia:

*6/8/41, Miércoles*
*Algo inesperado sucedió durante mi viaje y por eso he dejado de escribir mis impresiones durante varios días. He conocido a alguien... distinto. Hoy, con más tiempo y un sitio tranquilo a mi disposición, voy a reseñar lo que viví desde el día siguiente a mi subida al tren en Ámsterdam. Después de que Annette descendiera, yo me quedé parada en el pasillo, mirando cómo se sucedían las luces de los poblados que íbamos cruzando camino a Bruselas, en la total oscuridad de la noche.*

*No pude evitar un estremecimiento al comprender que había cortado con todos los lazos de mi vida anterior y ese tren a toda velocidad estaba llevándome a un destino que no conozco y hacia gente que todavía no se ha cruzado en mi vida. Sentí vértigo por un momento. Suspiré hondo e hice un esfuerzo para concentrarme en lo que sucedía a mi alrededor. Al menos estaba a salvo. Había otros pasajeros que dejaban sus compartimientos para estirar las piernas, o fumar en los estrechos corredores. Cada tanto yo quitaba mis ojos de la ventanilla para observar a los que cruzaban desde y hacia otros coches. Entonces lo vi nuevamente. Pero claro, primero tengo que explicarme. Aquella tarde, cuando fuimos al coche comedor con Annette, uno de los dos señores que se sentaron a nuestra mesa entabló conversación por unos minutos con otro que estaba en una mesa próxima. Lo miré y noté qué buen mozo era y hasta consideré por unos segundos a qué actor de cine se parecía, aunque no ubiqué a ninguno. Debía tener unos pocos años más que yo y su rostro me era muy familiar. Vestía con elegancia y estaba acompañado por otro, que parecía un hombre de negocios. Cruzamos una mirada furtiva y elocuente cuando un par de militares con uniforme alemán pasaron con su habitual aire de poder, conversando a gritos, hacia el fondo del coche. Lo había olvidado por completo, cuando me sorprendió verlo entrar a mi coche y acercarse por el pasillo, sonriendo ampliamente cuando me identificó. Extendió su mano, presentándose: "Gustav Theiss, a sus órdenes".*

*Confieso con satisfacción que a pesar de lo nerviosa que me puse y de cómo me temblaban las rodillas al sentir el firme apretón y su tibia piel, alcancé a pronunciar con soltura mi nueva identidad, como si hubiese sido mía por años. Conversamos animadamente, parados en el pasillo, y entonces me invitó a tomar algo en el coche comedor.*

*Había pocos pasajeros allí, y yo pedí un té, que me sentó muy bien. Nuestra conversación fue interesantísima. Ha nacido en Austria, pero ha vivido desde niño en España. ¡Ha estado en tantos lugares! Conoce casi todos los países de Europa y habla cuatro idiomas con fluidez. Me asombra. En comparación, yo he vivido en una cápsula durante toda mi existencia. A pesar de los nervios del viaje, la inseguridad de mi futuro, el miedo a que me encuentren y el cuidado que debo poner en fingir mi nueva identidad, con Gustav me encontré en un oasis de calma.*

*Es un enamorado de España, de la que me contó maravillas. Casualmente, nuestros boletos tenían idéntico itinerario. Cuando llegamos a Bruselas debimos hacer trasbordo para París, con una espera de tres horas y media. Los trenes van y vienen abarrotados de pasajeros. La estación, bella e inmensa, se llama Gare de Bruixelles-Centraal. Se entra a por una esquina imponente, con un hall abierto sostenido por cuatro columnas macizas. Arriba, el frente es todo vidriado con recuadros, lo que da un efecto majestuoso.*

*La verdad es que es una suerte el haberme cruzado con Gustav. Sé que yo sola hubiese encontrado mi camino, casi todos entienden holandés aquí, pero con él todo fue mucho más sencillo. Era temprano, de manera que pronto él colocó nuestro equipaje en un depósito por horas, entendiéndose fácilmente con todo el mundo. Me contó que, gracias a que sus padres se mudaban a menudo por razones de trabajo de un país a otro, él aprendió varios idiomas desde muy niño, y los pronuncia como nativo de cada lugar. Yo lo miraba asombrada, imaginando la vida interesante y mundana que ha llevado desde siempre.*

*Qué puedo decir. Todo en él me fascina. Nunca encontré a nadie que se mueva con tanta soltura en cualquier ocasión, sea tan caballero a cada instante, y también, debo reiterarlo pues esto me inquieta mucho, sea tan buen mozo y tenga una voz tan melodiosa. En fin, me invitó a visitar la ciudad, pero solo le acepté una caminata por el área de la estación, temerosa de que algún inconveniente en la calle nos hiciera perder nuestro tren. Él aceptó con naturalidad, en lugar de sentir que le contradecía, como estoy segura que hubiese reaccionado Klaus.*

*Hago una brusca pausa aquí porque la culpa me carcome por dentro. No puedo pensar en aquella noche y en*

*Klaus sin que se me estruje el estómago hasta dolerme y entonces termino deshecha en lágrimas. Lágrimas de culpa, por haberme marchado así. No por él. Por mí. Por lo que me vi forzada a hacer.*

*Deberé aprender a dejar el pasado atrás y mirar hacia adelante. Por suerte las cosas se desarrollan sin inconvenientes, al menos en esta etapa que he comenzado. Ese día en Bruselas fue inolvidable. Gustav sugirió que almorzáramos en un café y restaurante muy viejo que él conoce en los alrededores y al que siempre regresa. Sonriendo me comentó que se llama À la Mort Subite. Yo lo miré sin entender. Y mientras caminábamos me explicó que el nombre significa "muerte súbita". Su dueño lo llamó así al inaugurarlo en 1928, en honor a sus antiguos clientes de otro bar, que jugaban todos los mediodías al pitjesbak 421, un juego de dados holandés, que yo he visto jugar, pero seguía sin entender. Resulta que los clientes tiraban una última partida antes de regresar a la oficina, y al que perdía le llamaban Muerte Súbita. No le encontré mucho sentido pero le agradecí la curiosa información.*

*El lugar es hermoso. Todo tapizado en maderas, con mesas muy elegantes y altos techos con lámparas que se reflejan en los espejos. Fabrican su propias cervezas y sirven platos deliciosos. Almorzamos unos tartines de queso con variedad de encurtidos y postre. Gustav me preguntó sobre mí, y yo, sin siquiera sobresaltarme, no tuve dudas en hablar de mi vida como si Klaus no hubiese existido. No le mentí, y eso es lo que me he propuesto de ahora en más. Podré ocultar cosas, pero la única mentira será mi nombre falso, pues no puedo arriesgarme a que me encuentren. Caminamos de vuelta hacia la estación de trenes, sin apuro, yo escuchando sus interesantes historias de viajes y sintiendo por primera vez una paz que no había disfrutado en años.*

*Dejamos la Warsmoesberg y llegamos a la bellísima Sint-Michiel et Sint-Goedele Kathedraal. Teníamos tiempo, así que entramos a conocerla. Es una catedral gótica con una magnífica nave central, en la que pedí perdón una vez más por mis culpas, y me encomendé a Dios por la incierta empresa a la que me he lanzado. Por la calle, en una oportunidad en que nos cruzamos con un piquete de militares alemanes, yo sentí una corriente de antipatía reflejarse en la voz y los ojos de Gustav, lo que me reconfortó, dándome más seguridad aún a su lado. Esa tarde abordamos el tren a París.*

Ahora sí tengo la confirmación. Tessa ES Adela, o Adelheid. Y Gustav es el amor que Paula sospechó que tuvo en Europa. ¿Quién lo hubiera dicho solo unos meses atrás? Si bien yo lo esperaba, todavía me asombra cómo la gente puede reinventarse para sobrevivir en situaciones límite.

Pienso en todos los inmigrantes que llegaron a estas playas rioplatenses con una carga increíble de experiencias personales, de las que muchos nunca han hablado. Cientos de personas que conozco y de las que no sé su historia. Historias que hemos perdido. Y ahora, por un milagro inexplicado, esta mujer a la que le presté muy poca atención cuando supe de ella en mi infancia, para mí una señora de tantas, a la que conocí en un retrato colgado en la pared de una casa vecina cuando acompañaba a mamá a visitar a su amiga Paula, hoy está contándome su vida. ¡A través del tiempo, nada menos! Mejor no lo pienso mucho, porque si no fuera que tengo su diario en mis manos y me pellizco para ver que no estoy soñando, esto que vivo tendría tales visos paranoide-esquizofrénicos que ni quiero entrar a considerarlos.

## Viernes 9

El encuentro con Gustav está transformando a Tessa minuto a minuto. No la puedo llamar con su nuevo nombre, ahora que sé que es una identidad falsa. Estuve pensando mucho en esto. Adela ha vivido todos esos años escondiéndose. Pero, ¿de qué? No entiendo. Una vez que llegó a España, que viajó a la Argentina, ¿qué necesidad tenía de ocultar su verdadero nombre? ¿Por qué borrar todo el pasado así, siendo que ya no podría alcanzarla? Sería razonable si hubiese sido judía y la persiguieron. O la hubieran hecho prisionera y hubiera sufrido cosas que ella no quisiera ni recordar. Pero alguien que simplemente escapó de su país, no justifica que se escondiera así. En particular después de la guerra, que fue un desastre en Europa. Klaus no hubiese podido rastrearla nunca, a menos que contratara alguna compañía que se dedicara a eso. Y en aquella época hubiese sido imposible para un hombre como él, sin grandes medios. A los cazadores de nazis les costó años encontrar a algunos de los que buscaban y comprobar fehacientemente su identidad. No entiendo. Solo se explica si ella no está contándome toda la historia. Esta es la entrada que encontré hoy:

*9/8/41, Sábado*
*Recién llego de pasar un hermosa tarde con Gustav, merendando en un parque llamado Bois de Boulogne, paseando en bote y caminando a la sombra de añosos*

*árboles. Aquí no parece existir la guerra, Francia está como suspendida en el espacio, aunque se vea la influencia alemana en cada esquina. Como yo no entiendo mucho de política, me admira la diferencia entre lo que está sucediendo en mi pobre patria y la calma que se disfruta en Paris. Pero Gustav, que está muy informado y tiene una detallada visión de lo que sucede en cada país, opina que este gobierno de Vichi, como le llaman, está cediendo demasiado a los alemanes. Dice que las cosas no son tal como aparentan. Que la Gestapo está por todas partes libre de hacer lo que quiera y el mes pasado el gobierno francés aceptó que las tropas japonesas controlen su antigua colonia de Indochina. Él por supuesto no está de acuerdo con ello. Pero como no nos conocemos mucho, todavía tenemos reservas en comentar abiertamente qué pensamos.*

*Otra vez mezclo las cosas. Será mejor que cuente en orden, desde que estábamos en el tren rumbo a París. Gustav me había hablado tanto de esta ciudad (a la que siempre soñé conocer), que cuando sugirió que me quedara un par de días y luego prosiguiera mi viaje a España yo acepté. Sí, es un disparate. Pero ¿qué apuro tengo? En su compañía me siento segura. Y en todo momento él ha sido un caballero conmigo.*

*Compré mi pasaje hacia Madrid para el martes próximo, 12, a las 10 de la mañana. Gustav piensa que podrá viajar conmigo también este tramo, y se ofreció a acompañarme a la estación si es que sus negocios aquí no le permiten continuar viaje todavía. Un coche nos llevó hasta un pequeño hotel familiar que él conoce, cerca de la Gare Du Nord. Está sobre el Boulevard de Magenta y se llama Bonne Nouvelle Paris. Tomamos una habitación cada uno, en el mismo piso. Cuando me quedé a solas en mi cuarto conté mis haberes. Pronto deberé vender (o mejor, en esta época, malvender) otra pieza de mis modestas joyas para poder continuar viaje. Seguramente Gustav, que conoce París como la palma de su mano, podrá aconsejarme dónde hacerlo el lunes.*

*Debo reconocer que esta última semana ha sido la más maravillosa de mi vida. Pensar que hace un mes escribía en estas mismas páginas, sumida en la incertidumbre mientras daba el primer paso hacia mi libertad. No puedo casi creer la transformación que estoy viviendo.*

*Esta noche Gustav quiere llevarme a escuchar música en un club que él conoce y que, según dice, tiene un grupo excelente de jazz, la música de moda, dirigido por un guitarrista gitano llamado Django Reinhardt. Nunca lo oí nombrar, aunque él dice que es famoso. Es que a Klaus le disgustaba la música norteamericana, de modo que no tuve oportunidad de oírla más que en pocas ocasiones en la radio y cuando él no estaba en casa.*

*Esta noche voy a ponerme el mejor vestido que tengo, bastante sencillo, claro, en comparación a otras mujeres que veo por la calle. Para peor, con esta nueva melena corta, que ya no está a la moda, me siento extraña. Añoro las ondas que me llegaban a los hombros, y era más modernas. Pero se trata de un mínimo detalle. Incluso me avergüenza encontrarme pensando así, cuando todo aquello, toda la vida que dejé atrás es tan reciente. En vez de estar satisfecha por ser libre y encontrarme a salvo y mantener una actitud mesurada, me atrevo a coquetear frente al espejo y pensar en un hombre que recién conozco y del que no sé nada todavía.*

*Por momentos me siento proyectada hacia un futuro*

*desconocido, un vacío, y en otros estoy tan convencida de que voy por el camino adecuado que ya no me reconozco. Es como si esta nueva identidad hubiese penetrado en todo mi ser, hasta en mis pensamientos.*

*Domingo 18*

Han pasado nueve días desde la última entrada de Tessa. Me alienta saber que está recuperándose del trauma de la partida. Y no entiendo tanta culpa por haber dejado, abandonado a ese criminal, abusador de mujeres, lastre humano de marido que le tocó en suerte. Aunque claro, ella ha sido educada en otra época, y romper un matrimonio en ese entonces debe haber sido difícil. Mucho más que hoy. Estamos hablando de medio siglo atrás. Y se nota. Imagino que ya habrán llegado a España. ¿Seguirá acompañándola él? Espero que este galán buen mozo no la haga sufrir. Porque es seguro que se trata del Gustav que, según Paula, ella llamaba en sueños. Me carcome la curiosidad. Y a veces tengo miedo de que Tessa pare de escribir de golpe y me deje con todo este suspenso. Sería insoportable.

*Varias horas más tarde:*

Un rato después que escribí lo de más arriba, nos llamaron por teléfono y organizamos un almuerzo en uno de los carritos de la Costanera con un grupo de amigos. Lo pasamos muy lindo, la comida fue deliciosa. Al salir había un viento helado y húmedo que llegaba desde del río, y nos fuimos todos rápido al centro, a tomar un café calentito en Lavalle, esperando la hora para entrar al cine a ver *Thelma and Louise*, que tiene muy buen comentario.

Cuando volvimos a casa yo estaba todavía muy impresionada por la carrera loca hacia la liberación que tuvieron las protagonistas y, como Juan Carlos se puso a ver un partido de fútbol en diferido, yo aproveché para decirle que tenía algo para escribir y me fui a buscar el diario de Tessa.

Muy oportuno, porque yo tengo en casa mi propia y secreta protagonista de una huida. Una odisea a través de la Europa ocupada, yendo hacia un cambio de vida fundamental. Es un alivio saber que ella no tendrá el destino de esas dos pobres mujeres de la película, por suerte. Aquí está lo que encontré, recién escrito, de su experiencia en Paris. Sorprendente. Quién lo hubiese dicho de la abuela de Silvina, a quien yo conocí solo por referencias como una señora pacata y anticuada:

*17/8/41, Domingo*
*Miro por la ventana de mi cuarto de hotel y afuera los madrileños disfrutan del domingo y de la paz que hace poco han conseguido después de tanta tragedia. Este país asolado por la guerra y la destrucción, ahora debe sepultar sus muertos, pero el rencor y las divisiones que yacen subterráneos no van a curarse por decreto del gobierno. En eso coincido con Gustav. Pasarán muchos años de dolor y lágrimas de duelo, hasta que cicatricen heridas de esta magnitud. Es un país bello, con gente amistosa y acogedora, en el que sé que están protegiendo a quienes cruzan de contrabando estas tierras. A miles de refugiados que se irán a otros países del mundo, huyendo del horror que todavía está sucediendo en el frente del Este. Y en mi pobre país natal.*

*Pero divago otra vez. Volvamos a París, antes de mi*

*partida. La noche del sábado fue memorable. Cenamos en un pequeño bistró del barrio y después de una larga charla de sobremesa, que comentaré más adelante, un taxi nos llevó al club donde toca el Quintet du Hot Club de France. Es en un sótano, y cuando bajé las escaleras hacia el cortinado de terciopelo rojo, a media luz, me sentí como una actriz de cine. Como si tuviese otro cuerpo, más atractivo, en ese entorno tan excitante. Nos acompañaron a una mesa en un discreto rincón, que había sido reservada por Gustav.*

*El local estaba lleno de gente, y sonaba una música suave de fondo. Pedimos dos cafés y dos triple sec, aunque yo dudaba de beber más alcohol. El vino de la cena se me había subido un poco a la cabeza, dándome una grata sensación de bienestar que no quería arruinar descomponiéndome o algo así. Pronto apareció el grupo de músicos. Solo puedo decir que jamás escuché una interpretación tan bella y sentida de temas que he conocido desde hace años. Este guitarrista tiene manos mágicas, a pesar del accidente que hace tiempo le dejó una de ellas casi inutilizada. Maravilloso.*

*Gustav es un apasionado de la música de jazz y conoce mucho de ella. Mientras ejecutaban una pieza particularmente lenta, él tomó mis manos entre las suyas a través de la mesa y así estuvimos largo rato, nuestros oídos disfrutando del suave rasgueo de la guitarra y yo del roce y la tibieza de su piel. Incapaz de dejarlo ir ni mirarlo de frente. Cuando la música terminó, nos miramos a los ojos. Un estremecimiento me recorrió de pies a cabeza. Y, me atrevo a confesarlo, sentí un deseo loco de estar en sus brazos, un apremio físico, casi adolescente. Tuve que respirar hondo y componerme, lo que no me fue fácil. Por fin comenzó otro tema, el último de la noche.*

*Cuando salimos del club yo no quería volver al hotel todavía. En mi mente había una borrasca de pensamientos encontrados, supongo que por la bebida, que siempre se me sube a la cabeza y mi cuerpo estaba totalmente insubordinado a mi voluntad y buen juicio. Supe que si él me tomaba en sus brazos yo no podría resistirlo. Batallando estos sentimientos regresamos al hotel, conversando de generalidades pero ambos conscientes de que algo había cambiado entre nosotros.*

*Era tarde. Al llegar al corredor del segundo piso, donde estaban nuestros cuartos, él se detuvo y me miró por un momento. No sé cómo, ni quién se acercó al otro primero. Nos encontramos en un beso que yo comprendí había deseado desde hacía mucho tiempo, desde que lo vi por primera vez, acercándose a mí en aquel tren. No podíamos dejar de besarnos con ansiedad, casi con desesperación. Por fin me alejé y él no se resistió. Me miró interrogante, con una mirada llena de deseo aunque no creo que igualara la intensidad de la mía. Hice un gesto negativo con la cabeza. Nos separamos sin hablar. No hacía falta decir nada. Ambos sabíamos que teníamos dos días enteros por delante para sortear nuestros sentimientos.*

*Abrí la puerta de mi cuarto y él no se acercó a mí. Si lo hubiese hecho, yo no hubiera podido resistirlo. Nos despedimos sin siquiera una sonrisa, conmovidos por las sensaciones que experimentábamos con tanta fuerza. Esa noche demoré casi dos horas en conciliar el sueño. Confieso que por momentos deseé con vehemencia que él golpeara a la puerta, que no hubiera aceptado mi negativa. Pero no lo hizo.*

*Al día siguiente comprendí por qué. Nos encontramos a desayunar en el pequeño comedor del hotel, yo con los* ojos enrojecidos de mal dormir. Me senté, con el pelo todavía húmedo tras el baño matinal, a la mesa en la que él hojeaba distraídamente Le Fígaro. Me saludó sonriendo, e hizo comentarios sobre el buen tiempo, que invitaba a pasear por las calles de la ciudad. Estuve de acuerdo. De pronto las horas a su lado habían adquirido un valor inesperado, y estaba dispuesta a disfrutar cada minuto de su presencia antes de la muy posible separación, que ya temía, el martes siguiente. Nos sirvieron unas maravillosas croissants con café con leche; el desayuno más delicioso que probé en mi vida.

Cuando terminamos de saborearlo, él retiró su silla y me miró seriamente a los ojos. Yo casi no podía sostener su mirada, me mareaba su boca, y el recuerdo de su beso apasionado me distraía totalmente. Entonces me dijo que debía confesarme algo. "Tengo una historia personal muy complicada", comenzó. Imaginé lo que iba a decirme, porque yo no esperaba que fuera un hombre sin compromisos.

"Estoy casado y tenemos una hija de doce años. Mi esposa y ella están escondidas en una granja" dijo. Yo asentí con la cabeza, sin esperar detalles. Me atreví a preguntarle: "¿Tu esposa es judía?" Él asintió. "Aunque Juliette, ese es su nombre, no practica la religión de su familia, se negó a convertirse a ninguna otra", y mientras me comentaba esto sus ojos tenían un velo de tristeza profundo. "Tuve que conseguir un refugio para ella y la niña en un lugar remoto, hasta que pueda conseguirles a ambas salvoconductos seguros para dejar los países ocupados". Yo le tomé la mano y se la apreté con simpatía. Si bien su honestidad me dolió un poco, al mismo tiempo me llamó a la realidad. Y a pesar de todo, no sentí disminuir mi deseo por él, por su ternura, su amistad, en este momento en el *que estoy dando un salto al vacío. Ya lo he dicho aquí, nunca he conocido a un hombre como Gustav. Es decir, ningún hombre me ha tratado como lo hace él.*

*Con inquietud comprendí que si la casualidad había cruzado nuestros caminos en este momento, yo tenía derecho a vivir plenamente la experiencia. Fui honesta al agradecerle su sinceridad. Era evidente que él también batallaba sentimientos encontrados dentro de sí, y el que la noche anterior no insistiera en seguir adelante, a pesar de cuánto nos deseábamos, fue decisivo para mí.*

*Después de un rato en silencio, absortos en nuestros pensamientos, me propuso salir a caminar y se ofreció, galante, como guía turístico, lo que nos dio un respiro. Salimos a pasear, tomados del brazo. Hubiese querido preguntarle muchas cosas de su hija, pero no quise introducir el tema entre nosotros otra vez. Prefiero que quede así, y que cuando él sienta que necesita hablar de ellas conmigo, lo haga.*

*París es magnífica. Aunque ocupada, conserva el espíritu de Ciudad Luz con el que se la conoce. Claro que bajo esta superficie tranquila corren vertientes trágicas que auguran malos tiempos, pero los parisinos por ahora se mantienen a flote tratando de sobrellevar a su manera la pesadilla que está asolando a toda Europa. Y seguramente rogando porque no los visite algún desastre peor. Conocí la Torre Eiffel, de la que había visto tantas fotografías y donde nos hicimos tomar dos instantáneas con la torre de fondo, por un fotógrafo ambulante, para llevárnoslas de recuerdo.*

*Luego fuimos hasta el Arco del Triunfo y almorzamos un delicioso plato de coq-au-vin en un discreto y sencillo restaurante cerca de los Champs Elysées. Más tarde caminamos largo rato a la sombra de sus frondosos* árboles, que nos refugió del implacable sol del verano. A lo largo del día hablamos mucho. Muchísimo. Cada uno de su propia historia.

Entonces me contó detalles de su familia y yo, aunque ocultando malos recuerdos de mi pasado, le confié cosas que no había mencionado a nadie excepto a Lieke. Fuimos sinceros el uno con el otro. Yo comprendí de pronto que si bien soy libre ahora, todavía estoy atada por un pasado que no va a ser fácil dejar atrás. Por su parte él se debe a su familia, a la que está empeñado en rescatar y a la que volverá pues sin duda las ama, y siente que es su deber. Yo lo comprendo. Y no pude evitar decirle: "Qué afortunada es Juliette al tener un hombre así como compañero de ruta". Él apretó mi brazo y murmuró: "No estoy tan seguro, pero gracias". La forma sincera y honesta en que me planteó su situación me hizo admirarlo más. Y desearlo físicamente con mayor intensidad.

Hicimos una pausa para beber un fresco pastís en un típico café ubicado en una cortada de Montmatre y al salir Gustav no pudo contener el impuso y me abrazó durante un rato largo, acariciando mis cabellos. Yo me estremecí de la cabeza a los pies al roce de su cuerpo. Nos separamos para regresar en silencio al hotel. Sin decir palabra, caminamos hacia mi habitación y entramos. Yo temblaba por la ansiedad. No pudimos terminar de desvestirnos para unirnos de una manera enloquecida, adolescente, después de haber contenido nuestro deseo por tantas horas.

Y por fin, cuando el primer orgasmo que experimenté en mi vida me produjo incrédulas lágrimas de felicidad, Gustav me miró alarmado. Mi confesión le provocó un arranque de ternura y caricias. Lo besé hasta que me *dolieron los labios. Poco después, aún tendidos sobre la cama, terminamos por reírnos del espectáculo que seguramente daríamos si es que alguien nos observara. Éramos un revoltijo de ropa arrugada y cuerpos semidesnudos, bañados por la dicha de habernos encontrado. (...)*

Aquí tuve que hacer una pausa para respirar hondo después de semejante confesión. Tessa ha tomado con mucha madurez el hecho de que Gustav y ella están condenados a una relación pasajera. Aunque está totalmente comprometida emocionalmente en este encuentro. No veo la hora de leer más, pero el partido de fútbol en diferido ya terminó hace más de media hora y Juan Carlos después de darse un baño está leyendo en la cama, esperándome, seguramente. Sigo mañana.

*Lunes 19*

Anoche, inspirada por la fogosidad del relato, tengo que confesar que tomé a Juan Carlos por sorpresa. Después de tanto tiempo buscándome y yo siempre evitándolo con un pretexto u otro, noté que él estaba feliz porque fui yo quien tomó la iniciativa.

En fin, esta lectura está teniendo un efecto positivo en mi persona, además del increíble interés por el misterio que envuelve. Anoche me di cuenta de que tengo a mi lado un hombre adorable, que me hace feliz y que, por suerte, no estoy a riesgo de perder porque él pertenezca a otra, o estemos viviendo en medio de una guerra. Como dicen mis amigos norteamericanos, *count your blessings*. Hay que valorar las bendiciones que hemos recibido. Sigamos ahora con el diario de Tessa.

Anoche dejé sin terminar la entrada del domingo 17 de agosto en Madrid, que sigue así:

*(...)*

*Pedimos que nos subieran algo de comida a la habitación y esa noche dormimos intermitentemente, despertándonos varias veces para hacer el amor y maravillarnos, a la media luz de un letrero de la calle, de nuestra felicidad y de habernos encontrado.*

*El lunes amaneció seco y hermoso otra vez, y después de fracasar por un par de horas en el intento de dejar nuestras manos quietas como para levantarnos de la cama, salimos furtivamente, hasta el baño ubicado al final del pasillo, compartido con las otras habitaciones. Aunque no había muchos huéspedes en el piso yo no quise, por pudor, que nos demoráramos jugando bajo el agua tal como insistía Gustav. Por fortuna nadie nos vio regresar juntos y en puntas de pie a mi cuarto.*

*Más tarde salimos a la calle riendo como chiquilines. Todo era asombrosamente bello a nuestro alrededor. Me sentí otra vez como cuando tenía quince años, despreocupada, tranquila, como si el mundo hubiese suspendido sus máquinas de terror y nosotros estuviésemos en una burbuja de paz y armonía. Hicimos los trámites necesarios por la mañana; vendí otra alhaja en una casa de cambios conocida de Gustav, y obtuve un muy buen precio por mi brazalete de oro. No me dio pena desprenderme de él. Fue un regalo de bodas de Klaus y me sentí aliviada quitándomelo de encima. Otro pequeño trozo de mi pasado que dejo atrás, pensé feliz.*

*A lo largo de la mañana Gustav hizo varias*

*llamadas desde teléfonos públicos. Yo no pregunté nada. Almorzamos temprano pues él dijo que tenía una reunión de negocios y después debía encontrarse con alguien relacionado con los documentos que está tratando de conseguir para su familia. Yo había comprado una tarjeta postal para Lieke, para informarle brevemente que estoy a salvo, que todo marcha como esperábamos y que dentro de dos días llegaré a mi primer destino, sin mencionar lugares. La firmé con mi nuevo nombre y la despaché desde la Gare du Nord cuando salí de París.*

*Ese día Gustav regresó muy tarde al hotel, a la hora de la cena, con aire preocupado. Me dijo que algunas cosas se habían demorado y no podría acompañarme a Madrid, pero me seguiría unos días después. Pregunté si todo estaba bien y asintió, para luego cambiar de tema. No me voy a extender en lo increíblemente felices que fuimos esa noche, una larga noche de amor y de confidencias tiernas. Al día siguiente, después de almorzar, me acompañó hasta la estación Norte y esperó conmigo a que saliera el tren a Madrid. Me había provisto de indicaciones precisas y detalladas de los lugares a los que podría ir con confianza. Para entonces él sabría cuándo viajaría para unirse conmigo.*

*Me recomendó una y otra vez que tuviera cuidado. Me dio tantos consejos relativos a mi seguridad que terminé riéndome, porque me resultaba demasiado. Aunque él me miró con seriedad y me dijo: "Corren tiempos muy peligrosos, cualquiera está en alto riesgo de sufrir inconvenientes". Le pregunté: "¿Estás trabajando en algo peligroso?", y me dijo que no. Pero yo tuve mis primeras dudas, ahí parada en la estación de trenes de un país desconocido, con un hombre que, comprendí, apenas se había cruzado en mi vida unas semanas atrás.*

*Recuerdo que en ese momento lo miré largamente y en detalle, memorizando cada centímetro de su piel, de su rostro, del esbelto cuello, el espeso cabello castaño, los ojos color canela claro. Esa boca sensual que me había recorrido entera una y otra vez en los últimos días. Sentí unos irrefrenables deseos de hacerle el amor antes de partir, aunque sabía que era imposible. Jamás he deseado a un hombre de esta manera, me dije, estremeciéndome, y me sentí culpable por albergar la mínima duda de alguien como él.*

*Nos despedimos con tristeza. En el último beso nos costó separar nuestros labios, para gran escándalo de una cercana pareja de viejecitos muy formales que, cuando nos apartamos, noté que nos miraban con reprobación. Bajé la cabeza pero no pude ocultar una sonrisa. ¿Cuánto tiempo hacía que yo no era tan feliz con alguien como en ese momento? Muchísimos años. Pensándolo bien, creo que es la primera vez en mi vida. Porque no recuerdo haber sentido algo ni remotamente parecido a esto. Por fin, como todo llega, el tren partió a horario. Gustav lo acompañó caminando y mirándome desde el andén por un rato. Tengo grabada su imagen en mis retinas.*

*Estoy locamente enamorada de ese hombre. Y desde que partí vivo en un torbellino de emociones que no sé controlar. ¿Cómo puedo experimentar un sentimiento tan potente y avasallador como este por alguien que apenas he conocido hace poco tiempo?*

*Miércoles 21*

Tengo que confesar que esta Tessa que se ha dado a

conocer en las últimas entradas de su Diario me sorprende. Y me alegra, claro, que haya podido superar en parte todo lo que pasó. Aunque se ha tirado de cabeza en esta nueva relación y va a salir malherida emocionalmente cuando termine. De eso no tengo dudas, aunque por ahora la presencia de Gustav es un elemento que le ayuda a dejar el pasado atrás. Me alegro por ella.

Entre tanto, volviendo a mí, este tema me absorbe casi por completo. En el laboratorio sigo distrayéndome, cuando me pongo a pensar en Tessa y su historia, y todo lo extraño que esto me resulta. Por suerte no he cometido errores en mi trabajo, lo que me pondría en peligro de perderlo. Es algo que no puedo hacer en este momento. Aunque tampoco voy a dejar de seguir transcribiendo el Diario de Tessa, que es un imán que me tiene atrapada y del que no tengo intenciones de soltarme, no, hasta que ella decida que ahí terminó su historia.

A veces pienso qué diría Silvina si supiera lo que su abuela me está contando a la distancia. Qué locura. Es como estar dentro de una de esas historias fantásticas. Y absorbentes.

*Lunes 26*

Aquí están las dos nuevas entradas en el diario de la mujer que está contándome su vida y a la que no puedo llamar Adelheid ni Adela aquí, porque para mí será siempre Tessa. Está todavía en Madrid, donde Gustav se le unirá muy pronto. Ojalá se decidiera a seguir viaje sola y salvarse de una vez, dejando atrás una Europa tan peligrosa, pero no creo que lo haga. Está muy enamorada, y las mujeres sabemos bien que cuando nos ponemos así, no oímos razones:

*20/8/41, Miércoles*

*No me voy a extender aquí en las noches de insomnio, ni en mis solitarios paseos por esta bella ciudad, esperando con añoranza al hombre que ha conmocionado mi vida de una forma tan total e inesperada. Solo diré que los minutos son eternos y mi deseo por él crece día a día. El viaje desde París hasta San Sebastián fue largo, pesado, y leí o dormí la mayoría del tiempo. El tren paró en demasiadas estaciones. Yo me sentía triste y taciturna y apenas si entablé una o dos conversaciones con una mujer llamada Enriette que hablaba holandés, y que permaneció en mi compartimiento todo el tiempo desde que subimos en la Gare du Nord.*

*Me mantuve alerta durante las casi dieciséis horas de viaje con paradas en ciudades y pueblos importantes para levantar o dejar pasajeros que eran, por lo general, desconfiados y poco amables. Dormí inquieta, temiendo que en cualquier momento alguno de los viajeros pudiera asaltarme, llevándose mis pocas posesiones. Nos turnamos con Enriette, con la que me comunicaba también en mi rudimentario francés, para ir al comedor a comprar alguna comida y bebida, mientras la otra cuidaba los equipajes. Ella descendió en Bayonne y de ahí en más continué sola y sin cambiar una palabra con nadie hasta San Sebastián.*

*Pude seguir, sin mayores problemas, la ruta que Lieke y Milan me habían marcado como posible para cruzar una Francia ocupada, pues las vías del ferrocarril están en buenas condiciones. El viaje desde París hacia el sur transcurrió sin contratiempos, excepto por las numerosas paradas y la rotación casi constante de pasajeros. En la* estación de Burgos bajé con el cuerpo molido y un fuerte dolor de espalda por la incomodidad de los asientos. Y desde allí el viaje a Madrid fue más complicado. Muchos tramos de vías que pertenecían a una empresa llamada Hierros del Norte, habían sido bombardeados o saboteados durante la guerra civil, así es que debí trasbordar trenes dos veces más, a otras líneas férreas. La nueva compañía nacional que se formó en enero pasado, llamada RENFE, está haciendo reparaciones e instalando más máquinas y nuevos coches.

En el último tramo entre Segovia y la capital entablé conversación con una familia que se ubicó en mi compartimiento. El padre se presentó como el Doctor Julio Santamaría y su esposa, Encarnación. Viajaban con una niña de unos trece años y resultaron para mí una valiosa fuente de informaciones locales. Practiqué con ellos mi elemental español, que en el gimnasium de Ámsterdam me supo ganar excelentes notas y felicitaciones, pero que con los Santamaría no fue suficiente y necesité recurrir a veces a mi modesto francés para poder entendernos. Se confesaron franquistas hasta la médula de los huesos, y están muy contentos con el gobierno que tienen. Se sienten seguros y felices de que los partidos de izquierda no hayan ganado el poder. No creen en la república y están preparados, dijeron, a pasar las penurias que sean necesarias para que el país se levante y se cicatricen sus heridas.

Yo me pregunté si ellos sabrían lo que está haciendo el poder germano en los países del Este, la destrucción y los campos de prisioneros, el miedo y el despojo de propiedades, pero no me atreví a decir ni una palabra. Recordando que Franco se había entrevistado con Hitler el año anterior en Hendaya, una ciudad vasca en la frontera con Francia no muy lejos de donde yo crucé a España, les pregunté qué opinaban acerca de la entrada de su país en la guerra. Ambos estuvieron de acuerdo en que España no iba a participar, pues su situación precaria no le permitiría, por ahora, un compromiso de esa índole. Pero me dijeron que el Generalísimo Francisco Franco (los españoles nunca lo nombran sin darle el cargo antes) estaba enviando tropas al frente ruso para pelear de parte de los alemanes.

Yo me interesé por el tema, ya que Gustav es ciudadano español y apenas tiene treinta y cuatro años. En junio pasado Hitler atacó a la Unión Soviética y mis compañeros de ruta me dijeron que hace solo un mes, unos diecinueve mil hombres fueron embarcados en la estación Norte de Madrid, justo a la que nos dirigíamos, para sumarse a las tropas alemanas. El doctor Santamaría opina que ese cuerpo militar, llamado la División Azul, será enviado pronto al frente de batalla, lo que me produjo un escalofrío. Siento horror al pensar en que puedan llamar a Gustav a servir en la Unión Soviética. ¿Acaso no saben los alemanes qué le sucedió al triunfante Napoleón Bonaparte en el siglo pasado, cuando se empecinó en invadir Rusia? Quedamos en silencio por largo rato hasta que cambiamos de tema. No quise preguntar sobre las condiciones en que se recluta a la gente aquí, pues las limitaciones de mi castellano son muchas, y estoy lejos de una conversación fluida.

Cuando llegamos a Madrid nos separamos muy amablemente y yo tomé un coche de alquiler que me trajo al hospedaje indicado por Gustav, sobre la Gran Vía, una hermosa avenida céntrica. Aquí tuve la grata sorpresa de que ya había un cuarto reservado por él desde París.

*Gustav tiene ese tipo de atenciones halagadoras para conmigo, y cuida de los detalles. Es el perfecto caballero. Me pregunto cómo sería mi vida hoy si me hubiesen empujado a una boda con alguien como él, en vez de... pero no, dejémoslo aquí, otra vez me voy de mi narración para lamentarme de cosas pasadas que no tienen remedio.*

*Este hotelito está en un elegante edificio de principio de siglo, de los que abundan en esta zona y está cerca de lugares como la Puerta del Sol, la Plaza de España, la bellísima Catedral de la Almudena y otros, y puedo visitarlas sin alejarme mucho. Lo único que me falta aquí para ser completamente feliz es la presencia del hombre que amo. No quiero pensar en el futuro.*

*Los consejos de Lieke y de Milan antes de despedirse de mí fueron que siguiera directamente hacia Lisboa y desde allí tomara un barco para Norteamérica. Pero, ¿a dónde me llevarían mis pasos? A lugares desconocidos. Uno u otro sería igual para mí, ya que no tengo idea de cuál puede ser mejor. En este momento, para bien o para mal, estoy decidida a quedarme junto a Gustav, todo el tiempo que me sea posible. No quiero pensar en otra cosa que el presente. Sé que ellos dirían que estoy loca, pero la locura para mí sería dejar de verlo, separarme de él mientras pueda saciar mi sed de cariño a su lado. Dios o el destino dirán.*

*24/8/41, Domingo*
*Estoy feliz, totalmente feliz. Esta mañana muy temprano golpearon a la puerta para avisarme que en la administración del hotel había una llamada telefónica de larga distancia para mí. Salté de la cama y dos minutos después levantaba el auricular para escuchar la voz de mi*

amado. Temblé de pies a cabeza con su timbre grave acariciándome el oído una vez más. Las piernas me flaquearon y tuve que sentarme en una silla cercana.

Llegará a Madrid el martes próximo. Me dijo que le esperara tarde, alrededor de las diez de la noche, según su cálculo. No pregunté detalles, solo quería escucharle, y no me defraudó. Me repitió que me ama y que no ve la hora de volver a mis brazos. Nada más me importa. Le pedí, le rogué que se cuide mucho en el camino. Pero no le mencioné algo que sucedió ayer y que me tiene preocupada.

Resulta que salí a caminar y aproveché para enviar una corta misiva a Lieke con un remitente falso y un nombre inventado. La escribí en una clave que ella comprenderá, haciéndole saber que estoy bien y pronto seguiré viaje. Dentro de la oficina de correos y después de haberle pegado el sello, me arrepentí y me alejé del mostrador hasta la puerta de salida, con el sobre en la mano. Pero, pensando que no había ningún riesgo en esto y que Lieke merece que le haga saber al menos que estoy a salvo, giré en redondo para regresar al interior del salón y despachar el sobre. Al volverme, un hombre que estaba caminando detrás de mí también hacia la salida de pronto bajó la cabeza y se acomodó el sombrero, algo que me causó risa porque pensé que podría llevármelo por delante y él no me veía. Aunque no me volví a mirarlo, caí en la cuenta de que ya había visto a ese hombre un rato antes, algo así como una hora atrás, cuando me había detenido a comprar una revista en un puesto de la calle, cerca del hotel.

Cuando me acerqué él había tomado un ejemplar de un diario, le había pasado el dinero al vendedor y se había alejado después con paso lento. El sombrero y el abrigo *eran exactamente iguales. Pero podría ser una coincidencia. Traté de quitármelo de la cabeza.*

*Al regresar despacio hacia el hotel, me paré frente a algunos escaparates que exhiben prendas muy caras por lo escasas y que en esta paz de post-guerra civil pocos pueden adquirir. En una ocasión, al echarme a caminar otra vez noté en el reflejo del vidrio que alguien, un par de metros a mis espaldas, dejaba el poste en el que estaba apoyado fumando y se disponía a moverse también. Se trataba del hombre que estaba detrás de mí cuando salía de la oficina de correos y al que enfrenté sorpresivamente. El mismo que vi en el quiosco de diarios un rato antes. Ahora era inequívoco que me estaba siguiendo. Me aparté del escaparate y caminé confundida y nerviosa. Miles de cosas pasaron por mi mente.*

*Tuve miedo de que la policía de mi país me hubiese ubicado y que me hubiesen estado siguiendo sin que yo lo notara. Luego deseché tan loca idea. Yo he mantenido cuidadosamente mi cambio de apariencia, coloreándome las raíces del cabello en forma prolija y sistemática. Mis documentos están en regla, y en las fronteras no tuve ningún problema cuando revisaron mis papeles, por el contrario, todas las puertas se me abrieron. Decidí asegurarme y, ya muy nerviosa, en la siguiente esquina entré velozmente en un café concurrido. Me alejé de la puerta hacia una pared lateral y esperé con el corazón latiéndome muy rápido, mirando hacia afuera. En efecto, el hombre me seguía, y cuando llegó frente a la puerta se detuvo, aparentemente desorientado, mirando a su alrededor y también al café. Pero era de día, y el reflejo de la calle en los ventanales no le permitió ver quién estaba adentro. Después de un rato se marchó, confundiéndose* con los muchos peatones de la Gran Vía.

Me quedé haciendo tiempo, pedí algo de tomar y esperé a que oscureciera. Me encaminé rápidamente hacia el hotel, espiando hacia los cuatro costados, y si bien no volví a ver al hombre, no podría asegurar que no me siguió. Él sabe dónde me hospedo, si es que tiene alguna intención.

¿Qué habrá significado todo eso? No quise alarmar a Gustav. Tampoco hablar de ello por teléfono, frente a la gente del hotel. Cuando llegue le contaré lo que viví, y estoy segura que me dirá que es un error, una casualidad y que no hay razón por la cual alguien pueda seguirme en esta ciudad. Espero que sea así.

# Setiembre

## Domingo 1

Setiembre, el mes de la Primavera en estas tierras del sur. Por fin el viento frío del sudeste dejará de calarnos los huesos en esta húmeda capital de los Buenos Aires. ¡Época de jacarandás! Hay flores lilas y blancas en los árboles de avenidas y plazas, y los días del verano agobiante nos darán ganas de irnos lejos del asfalto los fines de semana. Aunque los porteños nos amontonemos en largas filas en los caminos de regreso a casa los domingos por la noche.

Y mientras Tessa me escribe desde una Europa que está por entrar en el otoño del '41, yo no me quedo de brazos cruzados. En mis ratos libres, porque el laboratorio me lleva mucho tiempo, busco todo el material de la época que puedo encontrar.

Estuve pensando en el diario de Paula. Ella dejó de escribirlo justo antes de que nazca Silvina. Adela la acompañó mucho, y madre e hija se llevaban muy bien. Le preguntaré a la nieta si es que no habrá un último cuaderno traspapelado por ahí, que revele algo más. Al menos, me interesa saber si antes de morir Adela, (Tessa), le confió a su hija algo de la tórrida aventura que vivió durante la guerra. Mañana mismo llamaré a Silvina, aunque no pueda darle detalles de lo que sé. A esta altura ella y su padre deben estar preparando la mudanza, si es que han podido vender la casa, como pensaban.

Entre tanto, su abuela está confesándose a mí como una mujer apasionada y sin miedo a vivir hasta sus últimas consecuencias las cartas que le tire la suerte. Sería una pena que no hubiera podido hablar de todo esto con su propia hija. Es que con estos inmigrantes de postguerra nunca se sabe. Fueron siempre un misterio. Cuántas historias no dichas.

Y en Madrid, Tessa sigue derritiéndose por este Gustav que cada día me parece más sospechoso de estar metido en algo arriesgado:

*1/9/41, Lunes*

*Han pasado cosas asombrosas. Hoy estoy escribiendo en un lugar desconocido, tratando otra vez de organizar mis pensamientos y tal vez demasiado perturbada como para ello. Tengo a mi lado una pequeña petaca con coñac que me ha servido para serenarme un poco, gentileza de Gustav. No pude conciliar el sueño y me levanté a escribir mientras él duerme apaciblemente en la cama, a unos metros de esta mesa. El martes 27, tal como me lo anticipara, llegó al hotel pasadas las diez de la noche. Yo lo esperaba con ansiedad, y me había acicalado prolijamente para recibirlo.*

*Al abrirle la puerta de la habitación él se quedó un instante inmóvil, y nos miramos largamente, con intensidad. Un estremecimiento me recorrió entera. Cuando entró, cerré la puerta tras de él. Se volvió hacia mí y nos confundimos en un beso largo y ansioso, que yo había añorado y deseado por lo que me pareció una eternidad. Y no exagero. Mi necesidad de él es tal, que a veces tengo miedo de lo que siento. Nuestro reencuentro fue como lo esperaba, y aún mejor. Hicimos el amor hasta la madrugada, sin poder dormir, una y otra vez, de todas las formas posibles, formas que jamás imaginé. A su lado soy una alumna voraz, que recién está descubriendo su propio cuerpo y aprendiendo a identificar al otro al conocerse a sí misma... ¿tiene sentido lo que escribo? No sé. Porque es imposible describir con palabras el éxtasis que siento en esos momentos. Quisiera que durara todo el resto de mi vida, aunque no me engaño. Sé que la memoria de esto que estoy viviendo tan intensamente me acompañará siempre. Estoy segura de ello. Pero me deprime pensar siquiera que va a tener fin...*

*Volviendo a la narración que había comenzado, Gustav tomó una habitación a su nombre también, aunque solo ha dejado mi cuarto para revolver su cama y desparramar algo de ropa alrededor. No quiere despertar sospechas, dijo, de que pasa casi todas las horas del día aquí. Pero a mí no me importa qué piensen los otros. Me hace feliz que no podamos separarnos más que por unos minutos. Los momentos de ternura y mimos con él son tan intensos como los de pasión descontrolada y me entrego con la desesperación de saber que el presente es lo único que tengo.*

*Me aterra pensar que nuestros encuentros llegarán a su fin y que, a pesar de nuestros sentimientos, existe una obligación moral a la que él nunca renunciaría. Eso es algo que yo tampoco me atrevería a pedirle. Aunque a veces, yaciendo exhausta junto a él, nuestras pieles aún húmedas después de haber saboreado el paraíso con mis labios y mi mente, me invade la pena de una despedida que anticipo, pero que no sé de dónde sacaré fuerzas para sobrevivir.*

*Entonces se acerca una vez más a mi boca, y me planta un beso tierno, lleno de cariño y nostalgia, como si leyera mis pensamientos, que sé son también los suyos. Y nos quedamos ahí, en un abrazo estrecho, como si quisiéramos exprimir hasta la última gota de esta felicidad que apareció tarde en nuestras vidas.*

*Nunca antes habíamos disfrutado de tanto tiempo para nosotros solos, y en cada paréntesis después de hacer el amor nos confiamos mutuamente muchas cosas. Él habla más de su vida que yo. "Cuéntame de cuando eras niño, que hacías, qué te gustaba?" "Durante la infancia y parte de la secundaria vivíamos aquí, en España, en un barrio hermoso de Zaragoza. Es una ciudad al noroeste de Madrid, muy bella. Pasé una niñez y adolescencia feliz, con unos padres a los que adoro. Siempre me apoyaron y si yo era feliz, ellos lo eran también". "Todavía viven allí?" "No", suspiró, "ahora viven lejos, en la Argentina". "Ah, imagino cómo los extrañarás" dije, pensando qué suerte tiene de tenerlos todavía vivos, aunque lejos. "Sí. Muchísimo. Pero yo ya no vivía cerca de ellos cuando se marcharon poco antes de que estallara la guerra civil", "Cómo es que eligieron un país tan lejano?" "Allí tenemos muchos familiares y amigos". "No piensan regresar ahora que la guerra civil terminó?" "No. Aquí no hay nada para ellos ahora, solo ruinas de lo que era. Mis padres no son socialistas pero tampoco toleran el nuevo gobierno". Le pregunté por qué no los había seguido con su familia y me explicó que él se había mudado a Francia ya, pues Juliette es de Amiens y trabajaba en París cuando se conocieron.*

*Es extraño escucharle hablar de ella, a la que evidentemente ama y no sentir unos celos terribles como podría imaginarse. Ni aun cuando, ocasionalmente, pronuncia su nombre con un tono afectuoso. No siento ninguna aversión por ella, al contrario, simpatizo con esa mujer por lo que debe estar pasando lejos de él, ocultándose y protegiendo a su niña. Las pesadillas que sufrirá, sabiendo el destino de otros judíos. El terror de que su hija esté en ese riesgo. Añorando verlo. Esperándolo.*

*Antes de que una punzada de celos me desviara de mi propósito de respetar esa parte de su vida y para cambiar de tema, le pedí que me describiera a su amada Zaragoza. Él se echó de espaldas sobre las almohadas, apoyada la cabeza contra sus manos cruzadas en la nuca y su rostro adquirió un gesto reminiscente, feliz. "Qué puedo decirte? Es la capital de Aragón, que está en una zona muy rica en cultura e historia, sobre un hermoso río, el Ebro. Nosotros vivíamos en un barrio cerca del centro, y recuerdo las salidas los domingos con mis padres. Tengo una vívida imagen de la monumental Iglesia de Del Pilar, en las márgenes del río. La belleza de la cúpula y las torres, la suntuosidad de las naves interiores".*

*Me miró sonriendo, sentándose más erguido contra las almohadas: "Es como si viese a mi madre ahora, con su mantilla blanca, llevándome de la mano a misa". Yo me acerqué y lo besé con ternura. "Qué bellas memorias tienes... Eres afortunado" dije sin pensar, y para que él no creyera que mis recuerdos son todos tristes, o me preguntara, le comenté un par de cosas de las más lindas que pude rescatar de mis padres, de la época en que fui realmente feliz. Cuando soñaba como todas las niñas adolescentes.*

*Y de ese modo pude recuperar el balance y no tener celos de su mujer y de ese mundo en el que yo no tengo cabida y en el que soy la intrusa. Pero en este mundo, aquí,* en el presente, él es mío y yo le pertenezco, exclusivamente. Es como si este espacio en el que estamos juntos no pudiera traspasarlo ni contaminarlo nada ni nadie. Es solo nuestro. Suyo y mío. Él siente igual, estoy segura y tiene una natural curiosidad por saber también de mí. Evitando con cuidado dar detalles de mi vida de casada, le conté que tuve un breve matrimonio y que nos divorciamos de mutuo acuerdo.

En cierto momento Gustav acarició la cicatriz que corre por el costado de mi pierna, gentileza de una de las primeras golpiza de Klaus, allá cuando él tenía épocas buenas todavía. Antes de la ocupación. Cuando todavía no estaba envalentonado con los grupos extremistas pero en ocasiones le brotaba el demonio de adentro, un odio que yo nunca pude entender. Me preguntó si se trataba de algo de lo que yo querría hablar. Le conté con detalles mi versión estándar creada hace años, de cómo había sucedido, para disipar cualquier sospecha que pudiese albergar sobre un matrimonio violento: "En verano solíamos ir a una granja de unos parientes y me lastimé al caer sobre el filo de una máquina cosechadora". "Debe haber sido muy doloroso," dijo él, acariciando con ternura la línea marrón desnivelada y no pareció dudar de mi palabra.

Quedé pensativa durante unos minutos, recordando la violenta escena y la sangre que tuve que contener hasta que llegamos a la sala de urgencia del barrio. El susto que se llevó Klaus y su corto remordimiento. Seguramente me estremecí porque Gustav me acarició la mejilla y me dio un beso muy tierno sobre los labios. "No pienses más en eso", dijo. Yo me recuperé de inmediato. Es que temo que sospeche de la existencia de Klaus y no quiero darle motivos para pensar que yo pueda haber tenido un marido monstruoso como ese.

Durante dos días enteros bajamos solamente a comer algo para después regresar a nuestro nido, con el deseo por el otro renovado, a pesar de tener los labios y la piel dolorida de besarnos y hacer el amor. Finalmente, entre risas, decidimos que nunca nos saciaríamos. Yo había demorado el contarle acerca del hombre que me siguió, por miedo a romper la magia de esos días. Después de otro baño furtivo, nos vestimos para salir.

Entonces fue cuando decidí hablarle de lo que me había sucedido antes de su llegada. El susto que pasé al darme cuenta de que me seguía. Nunca esperé que reaccionara así. Se volvió a mirarme, pálido de pronto y me dijo con un tono urgente en la voz: "Por favor, dame todos los detalles que recuerdes de esa tarde. Porque esto cambia las cosas", y me alarmé: "Quiero que me digas la verdad, qué sucede, ¿es que hay alguna razón para que me sigan, o te sigan?". Le pregunté a qué se dedica, por qué viaja tanto y tiene tantas reuniones en distintos países. A medida que hacía las preguntas comprendía que él nunca me había dado detalles concretos de su vida actual, y que los vagos comentarios que antes habían sido suficientes no lo eran más. "No quiero que dudes de mí," dijo mirándome a los ojos. "Te voy a explicar todo para que entiendas por qué esto es grave".

Ya estábamos preparados para salir y él me pidió que nos sentáramos. Me acomodé en la silla y él sobre el borde de la cama. Era evidente que buscaba las palabras para comenzar. Yo guardé silencio, dándole tiempo y temblando por dentro, esperando lo peor.

"Comprenderás que para sobrevivir en esta época es necesario hacer lo que sea. Mi trabajo actual es muy *delicado". No dijo explícitamente en qué consiste, pero lo definió en forma vaga como una especie de correo de papeles de negocios entre distintos países. "Es que te dedicas al contrabando?" Hizo un silencio, respiró hondo y me confió que se trata de algo parecido y que esa actividad es parte del precio que está pagando por los documentos falsos para su familia. Valoré nuevamente para mis adentros el inmenso favor que me hicieron Lieke y Milan, en esta época tan peligrosa.*

*Pregunté si él estaba, o estábamos, en peligro. "No lo sé, pero por las dudas, deberemos cuidarnos. Este país está convulsionado todavía por las ejecuciones extrajudiciales que se hacen en todas partes. Hay riesgo de que bajo cualquier sospecha me encarcelen sin más. Por la seguridad de los dos, debemos marcharnos de Madrid". Me dio precisas instrucciones. No debían vernos juntos, en el hotel, por si acaso, repitió. Tiene tantas dudas, pensé. Algo no está bien. Pero no pregunté más. No quiero saber. No quiero perderlo. No antes de lo estrictamente necesario.*

*No salimos a cenar como habíamos planeado, en cambio, Gustav me pidió que llame y ordene algo de comer a mi habitación. Después de cenar, se marchó para dejar el hotel y, una hora más tarde según sus indicaciones, yo bajé a la administración a pagar mi cuenta. Al bajar tomé un pasillo que llevaba a otras habitaciones, con el solo fin de comprobar que hay una puerta secundaria que sale a una callejuela de servicio al lado del hotel.*

*Regresé sobre mis pasos, pagué la cuenta y subí a mi cuarto. Volví nerviosa, vigilando si alguien me había seguido arriba y en la madrugada, después de un par de horas de un corto sueño agitado y lleno de sombras, alcé mi pequeña maleta y salí por la puerta lateral a la calle todavía oscura. No había nadie apostado esperando sobre la Gran Vía, y aunque pasaban muchos autos no había peatones. Una llovizna liviana caía iluminando el asfalto bajo los faroles de la esquina.*

*Caminé rozando las paredes, como lo hiciera en Ámsterdam, cuando huía de mi pasado. Temblaba de miedo y de frío. Anduve varias cuadras, siempre mirando sobre mis hombros para ver si alguien me seguía, hasta que llegué a la esquina indicada. De las sombras apareció Gustav y en silencio me tomó del brazo y seguimos la marcha. Un auto se acercó a nosotros e hizo una imperceptible seña de luces. Paró solo el tiempo suficiente como para que subiéramos al asiento de atrás. El chofer cambió una mirada a través del espejo con Gustav y este asintió con la cabeza. Nada más. Yo estaba muy nerviosa, no atiné a decir nada; sabía que no debía hablar, aunque nadie me lo hubiese dicho.*

*Recordaba mi propia huida, aquella noche aciaga en que dejé atrás a Klaus y a la prisión en la que me había aislado su violencia. Bajamos del auto en un callejón oscuro, no sé en qué parte de la ciudad, pero entre las sombras noté que era un barrio viejo, de calles angostas. Caminamos una cuadra evitando pisar los charcos de agua sucia que se habían formado con la persistente llovizna.*

*Por fin, Gustav se detuvo y con una llave que traía en la mano, de la que no me había percatado, abrió una puerta cualquiera y entramos a un zaguán con una lamparita mortecina colgando del techo. Seguimos a un patio rodeado por una galería rectangular. Las puertas que daban a ella estaban casi ocultas desde la entrada por altas plantas en maceteros, ubicados en el centro. Él se dirigió con seguridad hacia una de ellas y la abrió con otra llave. Nos encontramos en una habitación de techos muy altos, como la galería. Él encendió un pequeño velador y divisé una cama matrimonial y dos mesitas a sus costados. El conjunto era pobre pero limpio y prolijo. Había también un pequeño ropero y una cómoda de madera oscura que lucían desvencijados.*

*Gustav puso su pequeña maleta sobre una silla y yo dejé la mía en el suelo. Le pregunté dónde estábamos y él, después de rozar con sus labios brevemente los míos, me respondió que era un lugar conocido y seguro. Me dijo que todo estaba bien y que íbamos a tratar de partir lo más pronto posible hacia Barcelona. Yo me prendí a sus labios y terminamos haciendo el amor como siempre, como si se nos fuera la vida en ello. Por fin, agotados, nos metimos entre las sábanas y él quedó dormido casi al instante.*

*Me maravilla la capacidad que tienen los hombres para dormir profundamente aún en lo más grave de las crisis. Yo no pude pegar un ojo. Pensé mucho en que él vive en un riesgo continuo. ¿Cómo, si no, habría organizado un escape del hotel en tan corto tiempo? ¿Y quién es el chofer del auto misterioso que nos trasladó aquí? Ahora está por amanecer y no sé ni dónde estoy ni qué vamos a hacer cuando él despierte. Lo miro dormir, escucho su respiración acompasada y serena y a pesar de todas las dudas, siento una inmensa ternura por él. Voy a tenderme en la cama a su lado. Otra vez. Y todas las veces que me sea posible. No puedo perder el poco y valioso tiempo que seguramente nos queda antes de que él obtenga los papeles y se una a su familia. Este amor es un elixir que ha caído en mis manos y pienso beberlo hasta la última gota, saboreando toda su gloriosa intensidad.*

Aquí no puedo evitar hacer una acotación al margen. Esta mujer está totalmente loca por su amante y sufre de una violenta ceguera pasional. Me admira el valor con que se ha lanzado a vivir esta historia, como si aspirara un gran trago de oxígeno después del sometimiento de su vida anterior. Y claro, está totalmente mareada. Sin embargo, ¡cuánto me gustaría estar en su lugar, aunque fuese por un par de días! Ser totalmente libre, haber cortado con todo y vivir un romance así de intenso es la fantasía ideal. Tal vez ella esté acompañando, sin saberlo, a algún valiente que trabaja en forma subterránea por otros, como aquéllos que conoció en Ámsterdam. Estas heroicas aventuras son fruto de una época de convulsiones, como una guerra. Pero, ¡qué excitante debe ser estar ahí!

*Martes 10*

A pesar de su encandilamiento por Gustav, Tessa ha empezado, por suerte, a darme una idea más precisa de qué está sucediendo en el país en ese momento. Porque en los últimos tiempos su pasión por él le absorbe el seso por completo y es lo único de lo que parece poder hablar. Aunque de alguna manera la comprendo. Para ser sincera y ahora en un plano personal, tengo que reconocer, otra vez, que mi lectura de lo que escribe Tessa ha resultado, inesperadamente, en una mejora notable en los encuentros maritales dentro de mi pareja. Juan Carlos me mira con sorpresa, mejor dicho muy gratamente sorprendido, cada vez que me le acerco buscándolo con urgencia. A veces pregunta medio en tono de broma qué me pasa, por qué el cambio, pero no pienso confiarle que

Tessa sigue escribiéndome. No quiero que tengamos una discusión. No quiero que nada corte esta racha de entendimiento con él. El diario de Tessa es un asunto personal, mío, y es lo único que tengo oculto en una relación en la que vivimos y trabajamos juntos día y noche. La verdad es que en consecuencia, ninguno de los dos tiene nada por su cuenta, salvo unos pocos amigos que vemos en forma esporádica. Este es mi pequeño secreto íntimo. Es una especie de motor que me estimula, física y emocionalmente, al seguir sus entradas en el diario de esta forma en que siento que ella quiere que la siga, sin dudar, sin poner condiciones. Totalmente entregada al misterio de una mujer que no sé desde dónde ni cuándo me habla, pero que me llega muy adentro:

*8/9/41, Lunes*
*Hace una semana escribí por última vez, antes de partir de Madrid. Ese día fue de llamadas telefónicas e idas y vueltas. Gustav me recomendó no dejar la casa y salió a media mañana. Antes de partir me explicó que los dueños de casa nos prepararían viandas para el almuerzo y para la cena.*

*Yo me quedé lavando alguna ropa en la pileta del patio y entablé conversación con una mujer que se presentó como Natividad, y que estaba aireando una de las habitaciones. Así me enteré de que el edificio pertenece a una vieja familia de este barrio y que hospedan amigos a menudo. Le pregunté si funcionaba como hotel y ella se sonrió, negando con la cabeza enfáticamente. Me extrañó, pues en esta época la comida es escasa y carísima, como para recibir invitados como nosotros. En la ciudad hay pobreza general y yo he agotado el dinero que obtuve vendiendo mi brazalete. Aproveché para preguntarle cosas que desconocía de la vida diaria de los españoles. Ella me dijo que es ama de casa, escucha la radio todo el día, se ocupa de su ropa y la comida. Hay muchas transmisiones de dramas con historias románticas o educativas, en las que impera el orden y las mujeres no trabajan. Le pregunté si ella había estado empleada antes, y, un poco evasiva me dijo que sí, que era ayudante en un estudio jurídico, pero que ahora no puede conseguir nada. Yo tenía muchas preguntas para hacerle, pero no me atreví a indagar más.*

*Cuando Gustav regresó y mientras almorzábamos un potaje bastante decente con un vaso de vino que nos mandaron los dueños de casa, por fin obtuve de él una idea más acabada de nuestra situación. Hablando casi en un susurro, como si temiese que lo escucharan, me contó que los dueños de casa trabajan desde hace años activamente ligados a la resistencia francesa para albergar de paso a gente perseguida que llega de los países ocupados, en su ruta clandestina hacia Portugal, para salir en barco a distintos puertos de las Américas. Un trabajo que ya era peligroso durante los años de la guerra civil, dijo, después del triunfo del Movimiento Nacional en España se ha convertido en una actividad casi suicida. Me dormí pensando en la valentía de esta gente y de los recursos que las personas encuentran en las crisis para sustentar su humanidad y decencia. Aún en medio de estas olas destructivas que son creadas por seres de su misma especie.*

## Sábado 14

Ayer no miré el Diario y hoy me encuentro con la siguiente

entrada, que me sorprendió bastante:

*12/9/41, Viernes*

*Tenemos organizada nuestra partida de esta bella ciudad en la que están pasando cosas tremendas. Hay una ley de Seguridad del Estado y funcionan consejos de guerra que condenan a sospechosos de haber cometido delitos contra el Movimiento Nacional. Cualquiera puede denunciar a alguien, y en los juicios no hay abogados defensores. Se sabe que hay miles y miles de detenidos en las cárceles, en fin, una imagen de terror. Hubo fusilamientos en muchos lugares. En varias oportunidades le dije a Gustav que temo por él, por lo que sea en que esté trabajando, pero siempre intenta tranquilizarme.*

*Lo que realmente me calmó es que ya tenemos los boletos para salir hoy en el expreso nocturno hacia Barcelona. Esta tarde Gustav hizo un par de llamadas telefónicas desde las habitaciones de los dueños de casa. Me explicó que vamos a viajar con otras dos personas. Un matrimonio, para todo el mundo, que en realidad son una mujer a la que el hombre va escoltando en su huida. Ella partirá desde Barcelona hacia algún punto con papeles falsos. Se me ocurrió pensar que tal vez sea esa la forma en que, en un futuro no lejano él, su mujer y su hija viajarían hacia otras tierras, juntos y felices como antes. Con esfuerzo deseché esas ideas tristes y traté de concentrarme en el presente.*

*14/9/41, Domingo*

*Sin mayores novedades llegamos a la estación de trenes y subimos a uno de los coches. Frente a nosotros ya estaban ubicados nuestros compañeros de viaje. Ella era una bellísima mujer que vestía ropa muy sencilla y gastada, pero aun así no podía ocultar su aire aristocrático y unos ojos de mirada inteligente. El hombre era un poco más alto que Gustav, con cabello castaño oscuro, amable y de sonrisa fácil. No pude identificar su acento, mientras que el de ella era marcadamente francés. Se presentaron como Carmen y Matías Arostegui. Me pregunté si serían ambos nombres falsos, o él usaría el verdadero. Charlamos un rato de generalidades y después nos acomodamos para pasar las horas del viaje. Yo dormí profundamente apoyada en una manta que coloqué contra la ventana. A pesar de lo incómodo del asiento, el cansancio me ganó. Desperté casi llegando a Barcelona, con el estómago gruñendo de hambre y la espalda dolorida por la incómoda posición en que había dormido.*

*Gustav y Matías fueron a conseguir algo caliente para beber y me quedé a solas con Carmen. No quise hacer preguntas, y ella se limitó a comentar algo sobre el libro que estaba leyendo, lo que le agradecí interiormente, asintiendo con la cabeza a sus opiniones. Por fin llegamos a Barcelona, a la Estació de França, como se llama esta bellísima terminal de trenes.*

*Bajamos al andén y nuestros compañeros de viaje se fueron de inmediato, después de una breve despedida. Al salir Gustav y yo tomamos un tranvía que nos llevó por calles en las que aún hay edificios dañados por los bombardeos llevados a cabo en el '38 contra los republicanos españoles que resistieron a las tropas de Franco. La Aviación Legionaria de Mussolini lanzó más de cuarenta toneladas de bombas durante tres días, dejando un reguero de muerte y destrucción en esta ciudad. Es difícil comprender una aniquilación como esa y sus consecuencias.*

*Nos hospedamos en la Hostería Grau, recién inaugurada, en la zona del casco céntrico. Está en un edificio muy antiguo que Según Gustav es famoso por su bar bohemio. Pedimos algo de comer y pronto nos derrumbamos sobre la cama, agotados por el incómodo viaje en asientos de tercera clase. En minutos estábamos profundamente dormidos para despertar cuatro horas después.*

*Gustav salió, según dijo, a hacer trámites y me pidió que no me moviera de nuestro cuarto hasta que él regrese. Aproveché este tiempo para poner al día este Diario. Lo único que sé de mi futuro inmediato es que nos quedaremos aquí por unos días, no sabemos cuántos, en los que él estará ocupado y yo podré visitar la ciudad. Imagino que Lieke, si pudiese contarle sobre mi jornada, me pediría que compre ya mismo un pasaje de barco y me marche, como me había aconsejado, a algún punto de América del norte. Pero no puedo decidirme. No puedo dejar a Gustav. No quiero hacerlo. Nunca creí que iba a amar a alguien así y el solo pensar en no verlo más, en no tenerlo en mis brazos me produce un dolor físico en medio del pecho, como si un peso inmenso no me permitiese respirar. No lo dejaré, me repito. No mientras no sea absolutamente necesario.*

¡Tessa ha conocido a Matías Arostegui, su futuro marido, al hombre con el que tendrá a Paula! No sabía que se habían conocido en España. Cuántas cosas al parecer Tessa no confió en su hija. A menos que haya algún otro cuaderno del diario de Paula extraviado o traspapelado, en el que ella hable de este tema, doy por sentado que Adela jamás se sintió segura como para hacerle confidencias.

## Lunes 23

Esta semana pasó muy rápido. En el laboratorio surgió un problema que hubo que solucionar y para ello tuvimos que desechar una gran cantidad de datos que habíamos computado, y comenzar de cero. Cada día regresábamos tarde a casa con Juan Carlos y después de comer y darnos un baño, nos tirábamos frente a la tele a ver videos de películas cómicas, para poder seguir funcionando mentalmente cuerdos al otro día. Pero no es que yo deje de espiar el Diario de Tessa cada noche, religiosamente. Y nada. No (me?) ha escrito más. Estoy todavía esperando. Entre las corridas en el laboratorio y la falta de noticias suyas estoy agotada.

## Viernes 27

Por fin tenemos una tregua en el laboratorio. Terminamos lo que estaba atrasado y por suerte no deberemos hacer horas extras mañana, como se había hablado. Dos días enteros para nosotros. Lo necesitamos.

Entre las noticias personales, mis padres están paseando por el noroeste con una pareja de amigos, visitando las bellezas de Tucumán, Salta y Jujuy. ¡Lo bien que nos vendrían unas cortas vacaciones a Juan Carlos y a mí! Mejor pienso en otra cosa. Porque no hay esperanzas de un corte por ahora. Aunque tenemos pendiente una visita a Rosario, a ver a sus padres, tal vez el mes que viene.

Necesito saber qué sucede en la vida de Tessa. Cómo encuadra la presencia de su futuro marido en esta situación. No lo entiendo y quisiera que sea más clara. Aunque no es la primera vez que hace una pausa en sus entradas.

Quiero imaginarla feliz, disfrutando con ardor su romance prohibido, por todo el tiempo que le quede. Ya tendrá Tessa tiempo para vivir sus largos años de ama de casa discreta y reservada. Hoy para mí es la intrépida aventurera europea, llena de vitalidad y juventud.

*Go girl!*, como dicen los norteamericanos.

# Octubre

## Jueves 3

Tessa reapareció y, tal como yo lo había sospechado, no escribía porque estaba viviendo experiencias personales intensas, pero ahora las cosas se han puesto álgidas por allá. Esto iba a suceder tarde o temprano, y ella lo sabía.

*2/10/41, Jueves*

*No he vuelto a tocar estas páginas porque cada minuto libre lo hemos pasado amándonos como si cada encuentro, cada caricia, cada éxtasis que nos lleva a la cumbre de la felicidad fuese el último. Y sí, cualquiera de ellos puede serlo. Hemos permanecido aislados como dos chiquilines en este seguro y protegido lugar que es la hostería, mientras afuera la miseria, los racionamientos, la escasez de cosas elementales sacude a esta pobre ciudad que muestra por todas partes las huellas de esa guerra fratricida. El gobierno entrega raciones con cuentagotas y los Consejos de Guerra siguen ejecutando opositores.*

*Los catalanes están pagando muy cara su rebeldía y sus aspiraciones republicanas. Me duele verlos. Me entero de las noticias a través del diario ABC que trae Gustav. Y de los comentarios de ambos. Pero es mejor que me explique. Pocos días después de nuestra llegada a la ciudad, Matías vino a vernos por primera vez. La mujer que* él escoltaba en el tren había partido a salvo hacia otras tierras. Habló largo rato con Gustav a solas y desde ese día nos visita y muy asiduamente. Sé que están trabajando en algo, si bien ambos me han dicho que su misión (cualquiera que esta sea) ya ha terminado aquí y que él está por regresar a la Argentina, su país natal. Como es hijo de españoles, se unió en el '36 a las brigadas voluntarias que llegaban a luchar con los republicanos.

Matías es un hombre agradable, de pocas palabras, diría que incluso tímido. Si no lo hubiese visto acompañar a aquella mujer, Carmen, con gran sangre fría hasta ponerla a salvo en un barco rumbo a América, jamás me lo hubiera imaginado arriesgando su vida así, por desconocidos. Mientras tanto, ellos hablan mucho de las terribles pérdidas que sufre la marina inglesa. El mes pasado los submarinos alemanes les hundieron veinticinco buques en el norte del Atlántico, además de los ataques aéreos a la costa de la isla. También los diarios informan de los incendios y destrucción en el frente ruso, donde las tropas de Hitler ya han llegado a San Petersburgo.

Me espanta pensar que pueden llegar a ganar esta guerra. ¿Qué será de toda Europa entonces? A veces me quedo despierta durante horas, incapaz de dormir por los temores que me acosan. Si hasta se me ha demorado la menstruación a causa, es evidente, de mis nervios y ansiedad, esperando el desenlace de estas situaciones, la mía personal y la del resto del mundo. Ya me ha sucedido esto otras veces, y fue siempre coincidente con alguna crisis nerviosa. Trato de distraerme de día, pero ya he visitado los alrededores y no quiero aventurarme más lejos.

Quise inscribirme para hacer alguna ayuda comunitaria en el barrio, pero Gustav me disuadió. Mejor no, dijo, ya que hay espías por todas partes bajo este régimen político. Me he acostumbrado a visitar la biblioteca pública, no lejos de aquí, en la que paso horas leyendo mientras espero la hora de su regreso a la hostería. Mi castellano ha mejorado mucho, lo que me hace sentir orgullosa. Por lo general cenamos en alguna fonda barata y a veces se nos une Matías.

Cuando él se marcha, Gustav y yo volvemos a nuestra habitación y a nuestros encuentros, que siempre son distintos y cada vez más maravillosos, tan identificados el uno con el otro como estamos. Amo a este hombre con desesperación y lo deseo día y noche. No sé de dónde voy a sacar la fuerza para separarme de él cuando llegue la noticia, muy pronto, estoy segura, de que Juliette y su hija tienen el salvoconducto listo y van a unírsele para dejar el país juntos.

Ayer, después de amarnos otra vez con intensidad, como si el mundo estuviese a punto de desaparecer, me confió: "No voy a poder vivir sin ti. Tenemos que encontrar alguna forma para seguir viéndonos". Yo lo miré intrigada, con un nudo en la garganta, anticipando lo que iba a decirme. "¿Prometes que me seguirás donde sea que yo vaya?" Yo no pude contener las lágrimas y le fui sincera. "No. No te seguiré, no puedo! Así como nunca sería capaz de pedirte que deshagas tu familia, que las dejes a ellas por mí, jamás podría compartirte con ellas tampoco". Sus ojos tenían un brillo particular cuando me miró antes de bajar la cabeza y fingir que estudiaba el reloj que había dejado en la mesa de luz.

Se hizo un silencio largo y pesado, en el que yo, todavía llorando, le pedí que mantuviéramos el mutuo acuerdo de que yo no sabré nunca a dónde se marchará con Juliette. Sé, mejor dicho siento, que tiene dudas de volver a ella después de una separación tan larga. Pero su hija, a la que adora, está siempre en sus pensamientos y la extraña y sufre por no verla. Nos quedamos en silencio y luego nos abrazamos sin decir palabra, hasta que por fin apagamos la luz del velador y después de mucho rato, recién pudimos conciliar el sueño.

Esta situación me angustia, y lo angustia a él también, pero para mí existe una única salida. Y debo ser inflexible. Ya he cometido en mi vida demasiados errores y me he llenado de suficientes culpas como para sumar una más.

## Viernes 18

No sé qué sucede. Tessa ha dejado de escribir otra vez. Las semanas pasan y no sé nada de ella. Me tiene pendiente de un hilo, es decir de sus noticias, que ni sé de dónde ni cómo llegan a mí... Qué situación tan extraña.

Estoy muy nerviosa por este silencio y Juan Carlos se ha dado cuenta de que algo me pasa, como tantas otras veces, pero no puedo decirle el porqué, claro. Me puse a inventar una historia pero las mentiras no me salen bien. Por fin, él me miró con aire fatigado, sin entender. Eso me dolió un poco, pero traté de cambiar de tema y le sugerí que llamáramos a Lorena y Horacio para salir este fin de semana, lo que le pareció buena idea y al fin admitió: "Creo que estamos cansados los dos, demasiado trabajo y ninguna distracción. Mañana mismo lo llamo a Horacio para organizar algo". Yo suspiré aliviada. Aunque no estoy muy segura de nada últimamente.

*Jueves 24*

Después de tantos días, por fin, aquí está su nueva entrada. Según cuenta, pasaron muchas cosas este mes:

*23/10/41, Jueves*
*Como si estuviese presenciando el desarrollo de una obra de teatro de la que ya conocía el libreto, todo sucedió como lo temía, y también, para mi desdicha, como debía suceder.*

*El lunes siguiente a mi última anotación en este diario, Gustav regresó a la hostería pálido y cambiado. Yo supe, al instante, que había recibido noticias de Juliette. Respiré hondo para serenarme y le pregunté de frente. Me respondió como siempre lo hace, con honestidad. "Sí. Es hora de ir a buscarlas. Está todo preparado". Noté que tenía los ojos llenos de lágrimas. Esa noche fue nuestra despedida. No pudimos dormir. Permanecimos la mayoría del tiempo uno en brazos del otro, piel con piel, sintiéndonos y amándonos por última vez.*

*Lloramos juntos, reímos juntos de las memorias felices y también nos peleamos, cuando él me recriminó el que yo no quisiera seguir adelante con lo nuestro, aunque él pensara dejar a su familia por mí. En cierto momento después de hacer el amor apoyó su cabeza sobre mi pecho y dijo: "No, no puedo hacer esto. No puedo dejarte. ¡No quiero dejarte!" Otra vez tuve que reiterarle que no iba a seguirlo a ningún lado, ni permitir que él me siguiera, esta vez con más firmeza aún. No puedo recordar esos momentos sin llorar cada vez... Al día siguiente partió para Francia, y yo no quise saber detalles. Insistió con sus indicaciones y prometió regresar. Dijo que si necesitaba algo llamara a Matías mientras él estaba ausente.*

Me pidió que permaneciera hospedada en el Grau esperando su regreso. Le prometí hacerlo, sabiendo que mentía. Cuando por la tarde del día siguiente me avisaron que en la recepción había una llamada para mí, casi flaqueo en mi determinación. Pero después de cambiar un par de frases con él, entrecortadas por el ruido de larga distancia, le dije que este era el adiós, y que no habría nada más entre nosotros. Colgué el auricular con un esfuerzo, y llorando me encerré en la habitación.

Al guardar mis cosas para prepararme a buscar otro hospedaje, noté un sobre con mi nombre, apoyado contra uno de los veladores. En él encontré un fajo de billetes, una larga carta de amor en la que se despide con un hasta pronto, y una de las dos fotografías que nos tomamos juntos en París frente a la Torre Eiffel y que yo ya había olvidado que él las tenía. Esa foto me hizo revivir momentos que guardo como un tesoro. Horas felices como jamás viví antes. Gracias a Gustav los llevaré conmigo por el resto de mis días. Lloré y cuando no me quedaron más energías ni lágrimas para verter me dormí profundamente, con sueños sobresaltados y oscuros, que no recuerdo bien.

Al día siguiente salí a la calle con un plan concreto para mudarme de ahí. Me sorprendió ver en la vereda de enfrente a Matías, con un diario en la mano, esperándome, como si me hubiese leído el pensamiento. Nos sentamos en un café. Hablamos largo rato sobre generalidades, me contó algunas anécdotas y terminó confiándome que Gustav le pidió que estuviese atento por si yo necesitaba algo.

Lloré largo y tendido, ya sin sentir vergüenza. Cuando por fin levanté los ojos del pañuelo empapado en lágrimas, él estaba ahí, tranquilo, mirando a su alrededor y esperando que me serenara. No sé por qué, en él siento que tengo un aliado, y no me cuesta confiarme, porque lo imagino discreto. Tal vez sea su calidad de oyente, o su calma frente a las situaciones inesperadas.

Gustav nunca dijo mucho sobre él. Me enteré de que no eran viejos amigos, como yo pensaba. "Nos conocimos en Madrid hace poco más de un mes, trabajando en una operación", según explicó. Imaginé que la bella Carmen estaría involucrada, pero no pregunté.

"¿Volverás a trabajar en Madrid?" "No. Mi misión ha terminado. Estoy preparándome para regresar pronto a la Argentina. Mi familia vive en Buenos Aires, y volveré allá, en España ya no hay nada para mí". Lo dijo con voz estrangulada por la emoción y me di cuenta de cuánto significaba España para él y el dolor de las pérdidas y el futuro incierto que se abre para la tierra natal de sus padres. Le pregunté sobre su país y se le iluminaron los ojos. Me describió a Buenos Aires, su ciudad, con lujo de detalles los que después de este infierno que se vive aquí, suena como un paraíso idílico.

Me habló de su hermana menor, Maruca, a la que extraña mucho. De sus padres, a quienes hizo llorar con su partida y a los que ha visitado solo una vez desde que llegó a España. Me mostró fotos de ellos; un trio feliz, de pie frente a una casa grande, su hogar natal, dijo. Cuando quiso confirmar que iba a quedarme y esperar noticias de Gustav en la hostería, le confié que no, que pensaba marcharme al día siguiente. "¿A dónde irás?" preguntó alarmado. "No lo sé, pero no puedo quedarme aquí. No quiero volver a verlo. No podría despedirme de él otra vez. Sería demasiado", respondí y me eché a llorar otra vez. Entonces se ofreció a ayudarme a buscar hospedaje. Fue así como dejé el elegante Grau y me mudé a un cuarto en *una pensión de mujeres empleadas, donde por un precio razonable dan una cama limpia y comida aceptable, considerando los racionamientos que se sufren aquí.*

*Seguimos viéndonos casi todas las tardes. Charlamos mucho, me hace bien hablar con él. No tengo a nadie en esta ciudad y debo decidirme a actuar pronto. Temo estar preñada y no sé dónde acudir. Quisiera tener una amiga con quien aclarar mis pensamientos, pero no conozco a nadie. Por eso una tarde me eché a llorar (otra vez!) mientras caminábamos por un parque y le confié a Matías mis temores. "Creo que estoy embarazada y no sé a dónde ir para verificar esto. Prométeme que nunca se lo mencionarás a Gustav". Intuyo que él tiene alguna forma de enviarle mensajes. Me lo prometió mirándome a los ojos. "Tessa, sabes que jamás te traicionaría, aunque creo que tendrás que confirmar que esto es verdad. Es una noticia hermosa, primero asegúrate y después pensarás qué hacer con respecto a Gustav".*

*Le creo que no le dirá nada, y aunque sé que preferiría que no sea así, él comprende mi situación y lo que deseo hacer. Ofreció acompañarme a un gran hospital que no está muy lejos de mi hospedaje, el Sant Pau-Santa Creu. Le di las gracias pero no acepté. Quiero moverme con independencia, por mi cuenta. Después de todo, estoy sola en el mundo y debo manejarme así. Conozco el hospital, he pasado frente a su imponente edificio muchas veces. No queda lejos de la iglesia de la Sagrada Familia, que se divisa a la distancia, al final de un bulevar.*

*Me decidí y dos días después, muy temprano, entré al hospital. Me temblaban las piernas y estaba sumamente nerviosa, era como una situación irreal, yo allí, en ese inmenso lugar desconocido, sintiéndome infinitamente pequeña y sola. Me guiaron hacia uno de los pabellones, donde atienden a las mujeres. Después de esperar por largo rato en una amplia sala, rodeada de pacientes malnutridas, mujeres con aire cansado o enfermo que me inspiraron una profunda pena, me atendieron.*

*Confirmaron mi preñez y también que estoy en buena salud, según dijeron, por suerte. Me entregaron una hoja mimeografiada con consejos para mi alimentación y también un turno para volver dentro de dos meses.*

*Salí del pabellón y me quedé en los jardines por algún tiempo, sentada a la sombra de los árboles, sumida en una tristeza profunda. Nunca esperé quedar embarazada. Los recaudos que tomamos nos parecieron suficientes. Por un lado me encuentro sola y no sé cómo voy a afrontar mi vida de ahora en más con un niño en brazos. Pero por otra parte llevo adentro, madurando, la semilla de un amor como nunca había sentido antes por nadie. Este hijo es el compendio de nosotros dos y es lo que me llevo de Gustav conmigo. Él o ella. Y mis memorias. Lo único que me queda después de tanta felicidad, algo que jamás pensé que existiera para mí.*

*Lloré por largo rato, hasta desahogarme. Pero sigo firme en mi decisión de que Gustav nunca se entere de que nuestro hijo existe. Nuestro hijo. Qué extraño suena, qué irreal.*

*Aun así, no quiero que él vuelva a mí por esa causa. Fue sincero conmigo desde siempre. Antes de continuar, después de ese beso inolvidable, aquél día en París me lo dijo todo, me habló de su familia y su compromiso de salvarla, y aún así yo continué con algo que apenas era incipiente. En vez de cortarlo de raíz. Por egoísmo, porque no pude renunciar a mi cuota de felicidad a su lado. Supe siempre que este momento llegaría, y a pesar de eso lo había arriesgado todo.*

*Entonces, mirando hacia la Sagrada Familia hice la primera promesa religiosa de mi vida: Si mi hijo o hija nace bien y puedo protegerlo, lo llamaré Pablo, o Paula, en honor al lugar donde me confirmaron que él o ella existe, el Sant Pau. Regresé al cuarto de la pensión caminando despacio y me encerré a llorar y también a tratar de organizar mis pensamientos. A decidir cómo enfrentar mi nueva vida. Nuestra nueva vida. La mía y la de nuestro hijo.*

*Al atardecer del día siguiente Matías golpeó a la puerta de la dueña de casa, preguntando por mí. Me llamaron y bajé. Echamos a caminar hacia la pequeña fonda donde hemos ido a comer algunas veces, un lugar frecuentado por gente que él conoce. Son en su mayoría periodistas, reporteros y fotógrafos de diarios y revistas sudamericanos, cubriendo la miseria de esta postguerra catalana que debe estar conmoviendo a todo el mundo, excepto a los beneficiarios del nuevo sistema.*

*Se cuentan horrores de niños institucionalizados por ser hijos de "rojos", criaturas a los que las monjas hacen padecer castigos y desnutrición haciéndoles pagar las culpas de sus padres. Sin mencionar las cárceles y los fusilamientos que se cree todavía deben estar sucediendo.*

*Todo esto bajo cuerda, claro, nadie lo dice en voz alta, pues perderían las codiciadas autorizaciones para trabajar aquí. Uno de los amigos de Matías agregó, para mi sorpresa, que ahora no es nada, que padecimientos fueron los que él vio apenas terminada la guerra, cuando la gente huía a pie, cruzando los Pirineos, arriesgando a morir de frío y hambre, o bajo las balas hasta que, con suerte, pisara suelo francés.*

*Escuchándolo no pude evitar el recuerdo de mi amada Ámsterdam, las redadas nocturnas y las horas de terror que se estarán viviendo en este momento. Es como estar en un bosque en llamas; huimos de un punto, pero el calor asfixiante y el riesgo de encontrar otro foco de incendio está siempre ante nosotros.*

## Martes 29

Este diario de quien para mí era una señora del barrio, doméstica y formal según todos, se ha convertido en algo totalmente inesperado, y su protagonista en un personaje asombroso. Aquí voy a transcribir la última entrada de Tessa. Es como si me hubiese largado una papa caliente en las manos.

Ahora entiendo por qué huía tan desesperada. Estaba escapando de la policía, no de Klaus. No sé qué hacer con esta confidencia, aunque tengo la vaga impresión de que debería hacer algo. Pero, ¿qué cosa podría hacer yo, desde aquí? ¿Y por qué siento esto? ¿Qué tengo yo que ver en la vida de esta mujer con la que me he encariñado y que me habla desde no sé dónde?

*27/10/41, Lunes*
*He vendido mis últimas alhajas en un mercado negro tan usurero que ni siquiera Matías, con sus contactos misteriosos, ha podido obtener un buen precio en él. No quise ofrecerlas en lo que aquí es de rutina, las casas de empeño, que abundan y que se aprovechan de los clientes necesitados robándoles descaradamente.*

*He tomado una decisión y voy a llevarla a cabo por el bien de mi hijo. No es momento de flaquear, debo buscar* el lugar más seguro que encuentre para su nacimiento, y para poder atender a sus necesidades. Aquí pasaremos hambre y quién sabe qué destino nos espera. Estoy aferrándome a una tabla de salvación que apareció en mi camino: Matías. Siento que es un buen amigo. Confío en no equivocarme. Dios me ayude a que no me traicione, porque acabo de entregarme a él atada de pies y manos. Y no exagero. Le he confiado el secreto que traigo conmigo desde aquella noche tremenda en que dejé el departamento que compartía con Klaus Barreveld, mi marido. Un secreto que ni me había atrevido a confiar en este diario. Pero quiero contarlo todo en orden.

El domingo siguiente a mi entrada anterior en el diario, Matías me invitó a caminar por la costanera. Yo preparé una pequeña vianda y fuimos en un autobús hasta la zona de la playa que yo no había visitado todavía. Él llevaba el bolso marinero con una manta y las provisiones al hombro, y nos echamos a caminar ya que no había viento y el sol otoñal era todavía relativamente cálido.

Hablamos mucho. Hicimos una pausa para comer nuestra merienda sentados en un banco y él me habló de su infancia, de los planes que tiene para cuando regrese a Buenos Aires. Allí lo estará esperando un empleo de ingeniero civil, que es su profesión. Le pregunté si estaba casado y se rió con poca alegría. "No. Lamentablemente mi prometida no soportó que yo decidiera marcharme, y menos a España. Cambiamos algunas cartas que se hicieron cada vez más distantes. Por fin el silencio. Por mi hermana me enteré que ella decidió no esperarme. Salía con otro hombre". Aquí hizo una pausa y yo esperé. "Me escribió una larga carta y cuando viajé a ver a mi familia, dos años atrás, me devolvió el anillo de compromiso". "Lo siento mucho", dije yo. Él sonrió y se encogió de hombros: "Gracias. Pero mi rabia y dolor ya habían pasado para cuando nos vimos y de alguna manera comprendo por qué lo hizo. Es prueba de que no hubo un amor profundo entre nosotros. Le deseé suerte y nos despedimos en buenos términos. Espero no verla nunca más. Ahora aguardan mi regreso mis padres, mi hermana y algunos viejos y queridos amigos".

Nos quedamos un rato mirando al mar y a las gaviotas que revoloteaban cerca nuestro. Entonces me preguntó sobre mi vida. Y yo, que nunca hablo del pasado con nadie, empecé por contarle cosas de mi infancia que tenía olvidadas, y mucho de lo que le conté a Gustav en nuestras charlas. Terminé, sin darme cuenta, contándole detalles del arreglo que hicieron mis padres para mi boda con Klaus y de mi vida de casada, hasta mi huida. Me preguntó si tenía familiares en mi país, y le dije que no. Solo algunos tíos lejanos que no había visto en años. Echamos a caminar y entramos en un café sobre la costanera. Él no preguntó más, pero yo comencé a hablar, porque necesitaba hacerlo, y fue como si me hubiesen abierto una herida por la que la sangre no podía dejar de fluir.

Impulsada por no sé qué fuerza interna, dejé que todo lo que me había abrumado por tantos meses tomara cuerpo en las palabras y saliera de mi pecho, en un intento por limpiarme, si es que alguna vez eso sea posible, de la mancha y el peso de la culpa que llevo adentro. Ante un desconocido, alguien a quien no pensaba ver nunca más cuando nos despidiéramos en esta ciudad. Comencé por narrarle mi plan de envenenar a mi marido y suicidarme para terminar de una vez con sus palizas y sus *humillaciones. Le dije cómo aquella tarde vertí el cianuro en el fondo de la jarra en la que Klaus se servía la cerveza al volver a casa, bebiéndosela de un largo trago. Que antes de que él llegara, resolví no suicidarme. Que tuve miedo de morir. Que decidí matarlo y escapar, aprovechando la salida que me brindaban mis amigos. Sabía que no podía dejarlo con vida, pues él me perseguiría implacablemente y estaba segura de que él o sus amigotes me alcanzarían para terminar conmigo. Me lo había dicho muchas veces, entre insultos y amenazas, para que no lo abandonara.*

*Le conté a Matías cómo preparé la maleta con mis pocas pertenencias y guardé las alhajas que tenía de mis padres en una cajita para llevármelas, escondiéndolo todo. También guardé, envuelto en papeles, el pequeño recipiente en el que traje el veneno a casa. Llorando, le narré mi esfuerzo para permanecer calma, para que Klaus no sospechara en lo más mínimo. Que cuando se acercó a mí dejé que me recorrieran sus manos pringosas como de costumbre, para luego empujarme a un costado y servirse su trago favorito del porrón de barro cocido que guardábamos en la pequeña caja del hielo. Le conté que tuve que beber agua para tranquilizarme, mientras él tragaba con su habitual voracidad la cerveza envenenada. Y cómo, más tarde, lo vi derrumbarse sobre el piso, retorciéndose, maldiciendo y cómo de pronto, y después de lo que pareció una eternidad, todo había pasado.*

*Quedó tirado ahí, le dije, sobre el charco del resto de la bebida que se derramó de su jarra al caer. El macizo cuerpo doblado en dos al lado de la mesa, con el rostro contorsionado por el dolor y el pánico. Cómo yo permanecí ahí, mirándolo, transfigurada por lo que había hecho, durante largo tiempo, hasta que me obligué a reaccionar.*

*Evoqué entre sollozos cada minuto de mi salida, el miedo a que los vecinos hubiesen escuchado algo, mi bajada sigilosa a la calle, el encuentro con Lieke y Milan en la oscuridad y mi fuga hacia la libertad. Las dudas de mis amigos, cuando la policía fue a interrogarlos por la muerte de Klaus. Ellos dijeron que no sabían nada y no mintieron, pues todavía yo no les había confesado la verdad y aun así no me delataron. Cómo ellos continuaron protegiéndome y ayudándome a escapar hacia una nueva vida, que tal vez no merezca después del crimen que he cometido.*

*"Y esa es," dije bajando los ojos, "la razón por la cual huyo, por la cual nunca podré regresar a mi patria".*

*Cuando dejé de hablar se hizo un largo silencio, yo todavía con los ojos bajos, mirando mis manos que estrujaban un arrugado pañuelo mojado sobre la mesa. Solo se escuchaban las voces de los otros comensales. Seguramente él estaría incrédulo, tal vez horrorizado, imaginé. Por fin lo miré a la cara, implorante, al darme cuenta de que le había confesado mi crimen a un hombre casi desconocido. Él extendió una mano y palmeó las mías, consolándome.*

*Suspiró hondo y llamó al mozo para pedir otros dos cafés. Cuando estuve más serena le dije que no sabía por qué había confiado semejante cosa en él y le pedí disculpas por cargarle con esa historia. Me sentía muy mal por dentro, recriminándome el descontrol inesperado. ¿Y si me delataba a la policía? En ese caso los guardias españoles se contactarían inmediatamente con los de Ámsterdam.*

*Matías tardó en hablar, pero tenía la voz calma y segura cuando dijo: "Te doy mi palabra de honor de que lo que me has dicho no saldrá jamás de mi boca". Seguimos hablando de otras cosas, y cuando regresamos me dejó en la puerta de la pensión.*

*Nos estrechamos la mano, como habitualmente lo hacíamos, pero él apoyó su mano izquierda sobre la mía y mirándome a los ojos me dijo: "Quiero que estés segura, Tessa, totalmente segura de que tu secreto está a salvo conmigo. La guerra es así, una situación extrema, que hace que la gente a veces cometa actos extremos". Y no agregó más.*

Tal como dije antes de transcribir lo de arriba, es como si me hubiese tirado encima algo que no sé cómo manejar. Nunca pensé que Tessa pudiera ser capaz de matar a su marido. No lo dijo en ningún momento, se cuidó de hacerlo. Pero desde aquí, sabiendo que se casó con Matías y que fueron una familia feliz hasta el accidente que se los llevó a ambos, me alegro de que Tessa haya encontrado en él no solo un amigo, sino también un hombre con quien compartir su vida y darle un padre a Paula.

Es una historia interesante, pero no entiendo todavía por qué me la está pasando a mí, con tanto detalle, y después de tanto tiempo. Y eso que yo no me pregunto seriamente ¿cómo, CÓMO es que lo hace? Esto no es normal. Menos normal todavía es que me suceda a mí, una científica. Yo no creo en hechos mágicos. No entiendo nada, es decir, cada vez entiendo menos de lo que está pasando aquí. Ojalá pudiera hablarlo con Juan Carlos. Es la primera vez que en nuestra vida juntos ha sucedido algo que no puedo compartir con él. Esta historia que vivo todos los días, aunque nos haya unido por momentos, en realidad ha levantado una pared invisible entre nosotros.

Tessa se prepara a partir, como tantos otros desesperados en aquellos años, hacia la Argentina:

*29/10/41, Miércoles*
*Al día siguiente, después de la cena, Matías pasó a buscarme para salir a caminar un rato. Quería hablar conmigo y yo intuí que era para decirme que tenía fecha para marcharse. Me había contado que estaba buscando pasajes para Buenos Aires desde la semana anterior. Los viajes marítimos de pasajeros, con el riesgo de los submarinos alemanes surcando el Atlántico, son escasos y preciados.*

*Llegó con la buena noticia de que había conseguido reservar boleto de segunda clase en el Cabo de Buena Esperanza, un nuevo buque que han agregado hace poco a la línea Barcelona-Buenos Aires. El viaje lleva cerca de treinta días, y tiene muchas escalas, supongo que por el peligro de los torpederos alemanes. Para en los puertos de Cádiz, Tenerife, La Guaira en Venezuela, Curazao, (que es una isla), en dos puertos de Brasil, luego Montevideo y por fin Buenos Aires.*

*"¿No es peligroso un viaje así en estos tiempos?" Pregunté. Él negó con la cabeza. "Solo los buques mercantes y los que transportan personal militar son blanco de los submarinos". Y de pronto, a boca de jarro, me preguntó: "Tessa, ¿no vendrías a la Argentina conmigo?" No supe qué decirle, me tomó por sorpresa. "Tengo dos boletos reservados," continuó, "y el amigo que me consiguió el pasaje mantendrá el otro hasta el miércoles, pero si no le respondo, lo venderá inmediatamente, ya que hay una larga lista de espera".*

*Matías me dio espacio para decidirme. Entramos en un café y nos sentamos en una mesita cerca de la ventana. Él pidió algo para beber y yo permanecí en silencio por unos minutos pero no lo pensé por mucho tiempo. Mi hijo tendrá un futuro mejor. Eso es lo que importa. Le pregunté por el precio, para saber si puedo pagarlo y le pedí que por favor lo compre. Sonrió y me estrechó las manos por un rato, feliz.*

*"Viajarás en una cabina compartida con otras mujeres", me explicó para agregar, haciendo un gesto que implicaba al bebé: "Esta es una muy buena decisión, Tessa. Estoy seguro de que los dos van a ser muy felices en la Argentina. Te va a gustar mucho mi patria".*

*Cuando entré a mi cuarto me eché a llorar como una criatura. Yo creí que Matías estaría horrorizado por mi crimen y nunca se me hubiese ocurrido que él lo tomaría así, ofreciéndome una vía de escape, en vez de huir de mi lado. Me desahogué llorando porque mi decisión de marcharme significa que no voy a ver nunca más a Gustav y la herida que llevo desde que se fue está tan abierta como cuando le dije adiós por teléfono. Quién sabe dónde terminará radicándose con su familia. Me desespera pensar que Juliette lo tendrá a su lado y será suyo, de ahora en más.*

*Recuerdo los momentos que vivimos y me invaden celos que nunca sentí antes y creo que si pudiera, si tuviera los medios, trataría de contactarlo, hablar con él aunque sea una vez más. Pero sé que es mejor así. Hice bien en cortar con todos los lazos. Tampoco quiero saber si Matías puede ubicarlo y sé que él nunca me lo dirá si no se lo pregunto.*

*No me arrepiento de haber vivido con Gustav lo que viví. Debería estar agradecida. Su memoria me va a sustentar por el resto de mis días. No sé si merezco el haber tenido una oportunidad como la que tuve con Gustav y esta que surgió hoy después del pecado que he cometido, pero doy gracias por mi hijo y por la gente que me ha tocado alrededor. Ojalá pueda retribuirles aunque sea en parte lo que me han dado.*

## Jueves 31

Hoy me levanté de la cama con un dolor de cabeza muy fuerte. Juan Carlos se preocupó y me aconsejó: "Tenés que quedarte en casa. Toma dos calmantes y te vas a la cama. Te llamo más tarde". Me tiré en el sofá del living, tratando de relajarme por un par de horas. Todavía no se me ha pasado del todo. Aún me siento un poco mareada. A pesar de eso, no pude dejar de echar una ojeada en el diario, para ver si ya salieron de Barcelona, pero aquí está lo que encontré, y que me ha desorientado todavía más. Porque LA FECHA en que fue escrito y LO QUE DICE no tiene nada que ver con lo que estuvo sucediendo hasta ahora:

*2/2/1966, Jueves*
*Estas líneas son muy especiales. Hace mucho tiempo que no escribo en estas páginas, porque cuando una es feliz y está conforme con su vida, ocupada en varias cosas además de la casa y la familia, no hay tiempo para contar detalles domésticos que no son interesantes. Pero hoy es distinto. Mañana saldremos temprano con Matías en el auto hacia la ciudad de Tandil, vía Mar del Plata. Iremos por una semana en una misión exploratoria que nos hemos asignado después de analizarlo con cuidado. Vamos a la*

búsqueda del hombre que nos despidió hace muchos años en Barcelona y al que no hemos visto desde entonces. No supimos qué había sido de él hasta que en diciembre pasado, en una reunión de amigos celebrando el Año Nuevo, conocimos a alguien que estuvo en Madrid después de terminada la guerra civil. Matías y él hablaron de gente que conocieron allí y se mencionó el nombre de Gustav Theiss. Nosotros dos, sorprendidos, prestamos atención inmediatamente. Según este hombre, su viejo amigo de Madrid, Gustavo Theiss, es propietario desde hace unos veinte años de una chacra grande en la zona de Tandil. Le preguntamos si ese hombre llegó al país con su familia y nos dijo que no, que su mujer y su hija no pudieron escapar con vida mientras huían de Francia. Que fueron capturadas y llevadas a un campo de concentración donde murieron.

Después de terminada la guerra, Gustavo Theiss llegó a la Argentina como tantos otros. Que él lo encontró en Buenos Aires, no hace mucho, en una reunión de españoles emigrados. Comentó que estaba con una mujer también, una argentina con la que vive desde hace años y con la que no ha tenido hijos. Discretamente fuimos pidiéndole detalles y estamos seguros de que sí, de que es Gustav. El padre de nuestra hija Paula y el abuelo de Silvina, nuestra pequeña nieta. La noticia nos conmovió muchísimo. En el viaje de regreso a casa, Matías me preguntó si es que estoy de acuerdo con él en que Gustav debe saber que tiene una hija adulta y también una nieta. Yo siento igual, y después de haberle ocultado a Paula toda la vida quién es su verdadero padre, ahora, sabiendo que está aquí, que vive tan cerca de ella, no tenemos derecho a seguir callando. Pero primero queremos hablar con Gustav personalmente. Estar seguros de que él quiere conocerla. No podemos *arriesgar herir a nuestra niña con un rechazo que sería tremendo. Por eso mañana salimos hacia Mar del Plata y desde allí lo llamaremos por teléfono, para estar seguros de que es él y de que quiere vernos....*

¿Estoy leyendo correctamente? Tessa me está contando que ella y Matías van a tratar de encontrarse con Gustav... Si no me doliera tanto la cabeza, podría pensar con coherencia. Y no sé qué es ese sonido que escucho de afuera, unos golpes que parecen martillazos lejanos... como si alguien estuviera trabajando. Pero, ¿en qué estaba? Ah, sí! Que Tessa se va en auto a Mar del Plata... y es 1966... Pero ¿por qué no dejarán de martillar? Ahora hasta parece que están llamando a alguien... Quiero terminar de copiar el mensaje de Tessa:

*..He pensado mucho en este encuentro con Gustav después de tanto tiempo. Y saldrá bien, sé que él va a apreciarlo. Después de todo somos tres viejos amigos que hemos compartido un momento clave de nuestras vidas cuando éramos jóvenes. Lo que importa ahora es que los que nos siguen conozcan sus orígenes y que Gustav sepa que tiene descendencia, que tiene una hija. ¡Que tiene una nieta! Gustav tiene que saber que lo estamos buscando, Matías y yo... para decirle que tiene una nieta, Silvina...*

No puedo seguir... ahora me doy cuenta que este martillo no golpea afuera, lo siento en mis sienes... ¿qué me está pasando? ¿Quién me llama? Parece la voz de Juan Carlos y qué insistente, ¿no debería estar en el laboratorio a esta hora...? ¿Qué hace ahí, mirándome? Los ojos me pesan, no los puedo tener abiertos, y todavía no terminé de copiar el mensaje de Tessa... ¿Juan Carlos?? ¿Qué me pasa? ¿Por qué hay tanta luz de pronto? ¿Dónde estoy?...

# Abril...otra vez

*Domingo 28 de abril de 1991*

Sí. 28 de abril. Increíble, ¿no? Hoy es solo el 28 de abril, y estoy escribiendo estas líneas en la página que sigue a mi última entrada en este diario, escrita el 10 de marzo. Hace un mes y medio, nada más.

Todavía me cuesta creerlo. Aunque tuve que tomarme cierto tiempo para digerir qué ha sucedido, los médicos dicen que es positivo que quiera sentarme a escribirlo todo. Que eso va a ayudarme a cerrar un capítulo que, si bien no entiendo todavía como sucedió y tal vez nunca llegue a entenderlo, forma parte de mi experiencia. Algunos (entre ellos mi inefable mamá), lo llamaron, en voz baja y fuera del alcance de los doctores "extrasensorial". Pero yo, que estuve ahí, y sé cómo sucedió, puedo asegurar que a esta historia la viví con todos los sentidos. Lo que hace que me replantee muchas cosas. Pero mejor no elaborar en ese tema por ahora. Creo que no necesito explicarme a mí misma en este diario todo lo que ya escribí en detalle en mi mente mientras que, para todo el mundo, yo estaba en coma. (Qué extraño, ¿no?).

Volvamos a aquel día en que la cabeza me dolía tanto y yo sentía martilleos que terminaron siendo mis propios latidos en las sienes. Mientras copiaba en mi diario las palabras de Tessa, diciéndome que al día siguiente ella y Matías pensaban salir hacia Mar del Plata, yo escuchaba además de mis latidos, la voz de Juan Carlos llamándome. Estaba totalmente confundida y desorientada. Necesitaba escribir que Tessa iría camino al encuentro con su propia muerte en un choque frontal contra un camión, pero Juan Carlos me llamaba, aunque no podía explicarme cómo estaban sucediendo ambas cosas al mismo tiempo. Y de pronto me encontré abriendo los ojos, mirándolo de frente, él inclinado sobre mí. La claridad me cegó. Cerré los ojos pensando que era un sueño, deseando que los latidos cesaran de una vez.

Los abrí otra vez y Juan Carlos estaba todavía ahí. No entendía nada. Con la boca seca y pastosa intenté preguntarle qué pasó y dónde estábamos. Sonrió. Tenía mi mano derecha en las suyas, contra su mejilla, y la besó. Fue entonces cuando me di cuenta de que estaba llorando, de que la humedad que sentía en la piel de mi mano eran sus lágrimas. Cada vez entendía menos y él no podía hablar tampoco, mirándome y moviendo la cabeza como diciendo *no lo puedo creer*. Mi cuerpo parecía de plomo, mientras un cansancio inmenso me dominaba, intenté sonreírle, tratando de comprender qué sucedía. Espié con cautela a mi alrededor, sin siquiera mover la cabeza, luchando contra mis párpados, que caían una y otra vez.

Fue una cosa rarísima. Yo estaba tendida ahí, en una cama extraña, llena de tubos, en una aséptica sala blanca de hospital, y Juan Carlos con una camisola celeste arriba de su ropa, llorando y nombrándome. "Te llamé y volviste...", me dijo con un sollozo. "¿Volví de dónde? ¿Dónde estamos?" creo que llegué a articular, pero no estoy segura, pues tenía la boca tan seca que mi lengua apenas se movió. Es que yo sabía de dónde había venido, de haber estado leyendo el Diario de Tessa, con su última entrada fuera de época, y de haber intentado pasarlo a mi propio diario, como acostumbraba. Lo tenía claro y me pregunté alarmada si habría alcanzado a leer todo lo que ella me escribió antes de que Juan Carlos me llamara y yo abriera los ojos. ¿Y si había más información de ella, que perdí cuando la voz y los latidos me interrumpieron? Él se inclinó sobre la cama mientras me palmeaba la mano con cariño. La acariciaba y repetía llorando: "Está todo bien, mi amor, está todo bien ahora".

Recuerdo que pensé alarmada que nunca lo había visto llorar hasta ese momento y tuve miedo, porque no sabía qué estaba sucediendo, más precisamente qué estaba sucediéndome. Cerré los ojos, no sé por cuánto tiempo y cuando los abrí ya no estábamos solos.

Una enfermera con cara de preocupación me tomaba el pulso y controlaba los aparatos con medidas que más tarde vi estaban detrás de mi cama, contra la pared. Después apareció un médico y se armó un desbarajuste tremendo en la habitación, porque alejaron a Juan Carlos a un costado, mientras yo trataba de decirle que no, que se quede, no te vayas y él, riendo y llorando todavía me hacía señas de que todo estaba en orden, que no me preocupara, porque él no se iba y mientras tanto me tiraba besos con los dedos, como cuando a veces nos despedimos medio jugando.

Entonces quedé en las manos de esta gente con guardapolvo blanco, que después de revisarme los ojos y hacerme pruebas y controlar las máquinas a las que yo estaba enganchada me preguntaron: "¿Cómo se siente?" Llevó un rato, hasta que entendieron que necesitaba agua y me humedecieron los labios y yo le pedía más. Por fin recuperé el control de mi lengua y pude hablar con una voz ronca y ajena: "¿Dónde estoy?" "Tranquila, está todo bajo control" dijo otra médica que había entrado siguiendo a los demás. Creo que me contagiaron la energía que circulaba en la habitación, porque ya los párpados me pesaban menos y quería saber, saber qué diablos estábamos haciendo todos allí.

Ellos empezaron a interrogarme, con voz calma y pidiéndome que me tomara el tiempo necesario para contestar: Mi nombre, domicilio, quién era Juan Carlos, y demás. Al preguntarme la fecha en que estábamos, les dije lo que sabía, jueves 31 de octubre de 1991. "Permítanos", dijo una de las doctoras y me levantó otra vez los párpados para revisarme los ojos mientras me indicaba que mirara aquí y allá. Yo estaba agotada, como si hubiese corrido una maratón. Qué raro, pensé, ¿qué me habrá pasado? ¿Cómo llegué acá? No recordaba nada, pero supe que algo grave me había sucedido, sin dudas.

Por fin uno de los médicos me aclaró qué estaba pasando. Me dijo que tuve un accidente, que me chocaron el auto de costado, con mucha fuerza, que me golpeé la cabeza y sufrí una contusión que me dejó en coma durante una semana y media. Yo no entendía nada y me sentía muy atemorizada. Dudaba de todo.

Yo recién llegaba de haber estado escribiendo mi diario, de transcribir lo que Tessa me había puesto en el suyo. Esa impresión era tan real, que el salto a una sala de hospital parecía un sueño y lo otro la realidad. El médico guió mi mano hacia mi cabeza y en efecto, tenía un vendaje alrededor de ella, que no había notado hasta entonces. Sí, no era un sueño. Estaba tendida en la cama de un hospital y había sufrido un accidente.

Entonces se acercó Juan Carlos y me preguntó si no me acordaba del viernes 15 de marzo, cuando él se fue más temprano del laboratorio y yo tuve que volver a casa más tarde. Pensé un rato y recordé de golpe aquel día del susto. El día en que una camioneta casi me atropella y yo había quedado temblando por largo rato del susto. "Sí, me acuerdo," le dije, "pero hace mucho de eso". "No" dijo él. "Hace solo una semana y media". Yo moví la cabeza, convencida, "No. Eso fue hace mucho". Él me acarició la mano con cariño. "Fue hace poco y desde ese día estás aquí". "No puede ser una semana y media, están equivocados, fueron ocho meses enteros, desde marzo," dije, y tuve que hacer una pausa, porque el esfuerzo para hablar y concentrarme era agotador.

"Si, desde marzo, dijo el doctor. Desde el 15 de marzo pasado usted está acá". Juan Carlos asintió con la cabeza también, apoyándolos. "Entonces no fueron trece días, fueron ocho meses," insistí yo, para entonces con evidente ansiedad y enseguida trataron de que me calmara. La enfermera levantó una ampolla de la mesita y se acercó al tubo de suero. El doctor me dijo que iban a darme algo para relajarme y así me sentiría mejor. Que hablaríamos luego. Me asusté, no quería que se fueran, no quería dormir. "No. Gracias" dije. "No quiero nada para tranquilizarme, estoy tranquila". El médico asintió, sonriendo, con que estaba bien, pero la enfermera empezó a manipular los tubos de suero y no estoy segura de que no haya puesto algún calmante ahí.

"Explíquenme lo de la semana y media," pedí. "¿No

estamos en octubre ya?" "No, hoy es 27 de marzo". Miré a Juan Carlos de nuevo, para asegurarme y sí, él volvió a decir sí con la cabeza. Me explicaron otra vez que estuve en coma durante más de diez días. Que no sabían cuándo iba a salir, si es que salía. Que no tenía daños en el cerebro, pero que debía tomármelo todo con calma y que iban a dejarme en observación por un tiempo, para estar seguros. Yo sabía que estaba bien. Libre del martilleo en las sienes, libre del dolor de cabeza y el mareo me sentía bien. "Si tan solo tuviese energías como para levantarme" murmuré. Ellos me dijeron que no, absolutamente no. Ni aunque tuviera energías, todavía no.

Al otro día, muy temprano vinieron mis viejos a verme. Mamá lloraba y papá estaba muy conmovido. Habían llegado a Buenos Aires el día del accidente, a la noche, después de que Juan Carlos los llamara. Imagino cómo habrán manejado esas cuatro horas que hay entre Mar del Plata y la Capital. Yo me alegré de tenerlos ahí y supe que su presencia y la calidez de siempre me ayudarían en la recuperación. Estaban felices de verme así, despierta, y hablar conmigo. Yo seguía confundida con todo lo vivido. Pero trataba de relajarme y dejarme llevar. Todo se aclarará seguramente, me dije, aunque no veía de qué forma podría aceptar todo lo que viví.


Descansé casi dos semanas en el hospital. Me pasaron muy pronto a otra sala, con menos cuidados intensivos y Juan Carlos apenas se separaba de mí para ir hasta el departamento a darse un baño diario y cambiarse de ropa. Vino una psicóloga a visitarme a diario, por un rato. Ella escuchaba con atención los fragmentos de mi vivencia, aunque no sé hasta qué punto creía lo que yo le contaba. Supongo que pensaría que lo soñé. Quién sabe. De todos modos me hizo bien hablar con ella, una persona desconocida que no cuestionó nada de mi fantástica historia. Me ayudó un poco a reubicarme en esta realidad y desprenderme de la otra, de la vida de Tessa.

Lentamente me recuperé físicamente. Mamá me visitaba casi a diario, y me hizo reír mucho con sus historias desopilantes. Ella y sus amigas son unas loquitas divinas, y componen un grupo de madres y abuelas muy inteligentes y trabajadoras. Aunque los primeros días escuchó algunos comentarios de lo que yo había "vivido" mientras estaba en coma, ella no hizo ninguna observación. Se limitaba a escuchar en silencio y muy atentamente.

Entre tanto, cada vez que nos quedábamos solos, yo le iba contando a Juan Carlos más detalles de esos ocho meses en los que Tessa estuvo dándome, en forma inexplicable, toda esa información de su vida. Juan Carlos me miraba con interés, pero creo que dudaba de lo que le estaba contando. Creo que hasta debe haber temido que me hubiese quedado algo mal en la cabeza.

"Tuviste un sueño extraño, mientras estabas en coma", me dijo una vez "pero ahora estás despierta y recuperada, eso es lo que importa". Me impacientó su incredulidad. "Cómo podés estar tan seguro, si no sos el que vivió la experiencia?" Él se arrepintió de haberlo dicho. "Está bien, está bien, no te pongas nerviosa por eso, no es que no te crea". Yo seguí contándole fragmentos importantes de lo que había vivido, aún a riesgo de que pensara que no estaba del todo cuerda. Necesitaba hacerlo, en particular porque era una historia trunca, que justamente se había cortado cuando yo necesitaba seguir recibiéndola. Y hablar con la psicóloga y con él me ayudaba.

Un día, con Juan Carlos, recordé que los mensajes estaban en un perfecto castellano. "Es un detalle que no cuadra" le dije. "Porque Tessa, cuando estaba en Europa, todavía no sabía el idioma de la que sería su tierra de adopción. No podía escribir un diario en castellano". Él no comentó nada.

Unos días después, a solas, mamá me miró muy pensativa cuando le conté más detalles de lo que me sucedió. Y claro, ella lo interpretó de inmediato tal como yo lo he vivido. Creo que es la única que me cree por completo. Porque papá está de acuerdo con Juan Carlos en que fue una especie de largo sueño, nada más. Pero mamá no. En particular, la conmovió mucho la última parte de la historia. "Nena, creo que tenés una misión aquí. Esta señora te ha encargado algo muy importante, vas a tener que hablar con Silvina apenas puedas". "¿Y si ha sido solo un sueño, como me dicen todos?", pregunté, porque ya había comenzado a dudar, "¿tengo derecho a poner a Silvina en ese problema?" Mirándome a los ojos dijo con resolución: "¿Y no te parece que sería una pena que no averiguaras si es verdad? ¿Y si hubieras recibido realmente un mensaje, algo importante, que Tessa de alguna forma necesita comunicar?" Le respondí, casi llorando: "Pero mamá, ¡esto es totalmente descabellado! ¿Cómo es que ha sucedido? ¡No se explica!" Ella me dio un beso en la frente, me tomó las manos como cuando yo estaba enferma y necesitaba de sus fuerzas y después de calmarme, dijo: "Hija, vas a tener que seguir tu intuición. Hay cosas que no pueden explicarse pero están ahí".

Apenas Juan Carlos notificó al laboratorio que yo había salido del coma, ellos me enviaron un gran ramo de flores con globos y una tarjeta en la que firmaron todos los del departamento y compañeros de otras áreas. Me dio mucha alegría, aunque como había estado "trabajando" también durante mi extraño letargo, no me parecía que hubiese estado ausente por mucho tiempo.

Me permitieron hablar por teléfono y a la primera que llamé fue a Lorena. Estaba emocionada y me contó que pasaron unos días terribles, pensando que me habían perdido. También me contó detalles de lo que Juan Carlos vivió y me sentí algo así como culpable por haberles hecho pasar tan malos momentos.

Silvina me hizo una llamada, "muy corta, para decirte cuánto nos alegramos papá y yo de que te hayas recuperado". Ahí fui yo la que se emocionó mucho. Tenía una opresión en el pecho y para no largarme a llorar le dije solamente que quería hablar con ella, apenas me recuperara. "Claro que sí", dijo ella, por supuesto sin sospechar de qué se trataba. "Cuando quieras. Que Juan Carlos me avise para ir a verte".

Después de que me autorizaron a tener visitas y recibir a Lorena y Horacio que estaban ansiosos por venir, le pedí a Juan Carlos que llamara a Silvina, para hablar con ella. Él tenía dudas, pero insistí y por fin una tarde ella vino a verme. Yo ya no tenía la venda en la cabeza, solo una gasa con adhesivo en la sien izquierda, y hasta me permitían ponerme un poco de color en la cara. Un par de golpes grandes que tenía en el brazo y en el costado ya se iban diluyendo en ese color amarillo horrible de los moretones y pronto desaparecerían.

Por suerte la otra cama de la habitación seguía vacía, de modo que estábamos solos Juan Carlos y yo cuando ella llegó. Le dije que tenía una larga historia para contar. Cuando terminé, y eso que no le di los detalles más graves y privados, ella se mostró muy sorprendida de que yo conociera tantas cosas personales de su abuela y de su madre. "Es increíble", dijo, y yo asentí en silencio, dándole tiempo a digerir lo que le había contado. Así estuvimos, mirándonos por un rato hasta que por fin ella se recuperó.

Entonces me dejó helada cuando me dijo: "Esto es muy raro, pero los datos que me das sobre ellas son ciertos, aunque jamás existieron diarios escritos por ninguna de las dos". Cuando le conté lo que había "leído" en el diario de su madre mientras estaba en coma, ella no podía creerlo. "Todo fue exactamente así. Mamá me habló de todo esto que leíste, o... te llegó..." Aquí hizo una pausa, un poco avergonzada, porque no encontraba la palabra. Yo la dejé continuar: "...supuestamente en unos cuadernos de ella. No entiendo cómo pudiste recibir esa información mientras estabas aquí, en coma. Nosotras dos nunca hablamos de esto antes. Pero todo fue así, como si yo te lo hubiese contado". Estaba emocionada y tenía los ojos brillantes. "Yo tampoco sé," le dije con sinceridad y un nudo en la garganta. "Yo tampoco entiendo cómo ni por qué recibí esta narración, que me contó tu abuela, a la que nunca conocí en persona. Es así, Silvina, es una cosa muy rara, pero sucedió".

Entonces me atreví a hablarle del final de la historia. Le dije que yo creía que su abuela se había comunicado de alguna manera conmigo para pasarle un mensaje, para que ella sepa lo que Tessa, o Adelheid,

Adela, nunca se atrevió a contarle a su hija Paula. "Esto quiere decir que es muy posible que tengas un abuelo que vive alrededor de la zona de Tandil". Dije y nos quedamos en silencio por unos segundos.

"Pero," comentó ella, todavía emocionada, "¿cómo podemos estar seguras de que esto es verdad?" "Porque así lo siento", respondí. "¿Y si fuese solo un sueño que tuviste por el golpe y este señor no existe?" dudó ella. Yo estaba decidida a que recibiera el mensaje que Tessa me dio, de manera que le dije con voz bien firme: "Yo creo que sí, que es real. Que tu abuelo existe. Y si existe, se llama Gustavo Theiss. No pierdes nada con buscarlo y si no existiera, bueno, nada cambiará en tu vida, pero si él está allí y resulta que lo que te he contado es verdad, habrás encontrado a otro abuelo".

No dije más porque me di cuenta de que yo estaba tan comprometida con esta historia que mi voz casi se estrangula. Nos quedamos en silencio, y noté que ella también estaba de acuerdo en que no perdería nada si lo intentaba. "Le pediré a papá que me ayude a ubicarlo," dijo, mientras se ponía de pie. "Si es que él está, voy a tratar de encontrarlo".

Nos despedimos con un abrazo y después de que se marchó, me asaltaron unas dudas terribles. La parte de mi cerebro que todavía funciona como era antes, la parte analítica y empírica, mi viejo yo digamos, me llenó de dudas: ¿Y si con mi insistencia hubiese alentado falsas esperanzas que después no se concretaran? ¿Y si lo que yo sentí que Tessa me transmitió hubiese sido solamente un sueño, un delirio de mi estado inconsciente, tal como dicen los médicos y Juan Carlos? Tuve miedo y no me sentí tan segura de lo que estaba haciendo, pero ya era tarde. Silvina había decidido buscar a su abuelo, a instancias mías.

Cuando hablé de nuevo con mamá, ella me dijo con voz absolutamente segura: "Hiciste muy bien, hija. No lo sabemos todo. Hay cosas que no tienen una explicación clara para nosotros, pero existen" y me abrazó con ternura.

Pocos días después de la visita de Silvina me dieron el alta y volví a casa. Lo primero que vi sobre la mesita de luz de mi cuarto fue mi diario. Lo abrí con cariño. En cuantas oportunidades, en los últimos ocho meses de mi mente, había leído y copiado en él las páginas de Tessa, que recordaba casi de memoria. Pero sí, todos tenían razón, la fecha de mi última entrada era el domingo 10 de marzo de 1991 y todo el resto estaba en blanco.

También encontré la caja con revistas y libros viejos que Silvina nos dio unos días antes de mi accidente. Está tal cual la dejamos el primer día que llegó a casa. Abierta pero sin revisar. Me senté cómoda en el piso, mi espalda contra un almohadón, y vacié todo meticulosamente. No hay ningún diario ni cuaderno de notas. Solamente revistas y libros viejos. Suspirando, eché la cabeza hacia atrás, apoyándome en el borde del sofá y quedé un largo rato con los ojos cerrados, rememorando otra vez ese diario que tantas veces abrí en mi mente, y que tantos mensajes nuevos me trajo durante ocho meses. Por fin volví a acomodar todo en la caja.

Pasaron a visitarme los compañeros del laboratorio con los que tengo más contacto; María Fernanda, Anita y Martínez. Los recibí una tarde después del trabajo y ellos se quedaron solo una media hora, tratando de hacer una conversación ligera. Llegaron con otra ofrenda de flores y bombones y me recordaron que todos esperaban que regresara pronto. Fue lindo verlos, aunque no estoy con fuerzas para pensar cuándo podré reintegrarme.

Aún no encuentro una explicación para lo sucedido. En el hospital me arreglaron un turno con la psicóloga con la que hablé mientras estaba internada, para seguir charlando del tema dos veces por semana. Para que me ayude a sortear mis recuerdos y a recuperarme. Estoy segura de que así será. A medida que pase el tiempo. Todavía estoy un poco aturdida por todo lo que viví. Poco a poco volveré a mis actividades, así como lo hice con este diario, y por fin, espero reintegrarme al laboratorio.

A propósito, para que me entretenga, Juan Carlos me sugirió que me ocupe de elegir en un catálogo de CDs el comienzo de nuestra colección de tangos, un plan que teníamos antes de mis ocho meses con Tessa. La música y la perspectiva de recibir a nuestros amigos en casa son bálsamos que me ayudan a reconectarme con el mundo.

Ahora necesito descansar un rato. Juan Carlos me trajo varios video casetes de películas divertidas, porque dice que debo distraer mi mente. Aunque yo prefiero los romances a las comedias...

# Tres meses después

Siento que estoy casi recuperada y he decidido que no voy a seguir escribiendo en este diario. Pero antes necesito anotar aquí algo que me ha hecho muy feliz. Aquella historia que me narró Tessa de puño y letra, (según lo que yo sé fehacientemente) y que imaginé con tanto acierto mientras estaba en coma, (según todos los demás), culminó de una forma que dejaría (¿o efectivamente dejó?) a mi valiente amiga holandesa muy satisfecha:

Silvina me llamó por teléfono una semana después de que me llevaran a casa, muy excitada: "¡No tenés idea de lo agradecida que estoy con vos! Papá me ayudó a investigar y es así, mi abuelo, Gustavo Theiss, existe y vive en la provincia de Buenos Aires, como me dijiste!"

Yo no sabía qué contestar. El corazón me latía con fuerza y por un momento pensé que las piernas no me iban a sostener, todo dio vueltas a mi alrededor, así que atiné a sentarme en el borde de una silla que por suerte estaba cerca.

"¿Estás ahí?" preguntó ella, alarmada. "Si, aquí estoy", me apresuré y no pude seguir porque de pronto me puse a llorar con un sentimiento profundo, que me salía del pecho. No podía controlar los sollozos. "Calmate, por favor" me dijo ella un par de veces y después: "Está bien, no tengo apuro, espero que te calmes, ¿o preferís que te llame más tarde?" "No, no. No cortes, quiero seguir hablando con vos", dije con temor a que decidiera cortar. Yo necesitaba saber los detalles. Todos. "Tranquila, entonces, yo te espero en la línea" reiteró ella y nos quedamos un rato sin hablar, yo calmándome en la medida de lo posible para seguir.

Un par de minutos más tarde me disculpé por el llanto y ella dijo: "Ya sé, me imagino cómo te sentirás. Esto que estás viviendo no sucede todos los días. Te llamé para saber si puedo ir a contarte la experiencia con mi abuelo recién encontrado".

Juan Carlos y yo los invitamos a almorzar a ella y a su padre al departamento. El día indicado Silvina llegó con un gran ramo de flores y una torta casera de chocolate, que hizo ella misma con una receta de su abuela holandesa.

Ella ubicó a Gustavo Theiss quien vive, tal como Tessa y Matías pensaban, en una granja al sur de la ciudad de Tandil. Cuando Silvina lo llamó por teléfono la primera vez, él reaccionó extrañado al principio, pero cuando ella le dio un par de detalles claves, él accedió a encontrarse para hablar.

La primera vez se vieron en una confitería de la ciudad de Tandil, a donde Silvina fue con su padre. A su regreso me llamó para darme sus primeras impresiones, emocionada. Lo habían invitado a que los visite en Buenos Aires. Me llenó de felicidad al saberlo.

Desde que Silvina me contó que había ubicado al abuelo, algo me rondaba en la mente, y no pude dejar de comentárselo en esta última llamada: "Preguntale, cuando puedas," le dije, "si es que al llegar a este país alguna vez trató de ubicar a su viejo amigo Matías, tu abuelo".

En otro encuentro tentativo en la casa de los

Beltrán, fue cuando Silvina se lo preguntó a Gustavo.

"Si, me dijo que lo trató de ubicar, ya que también sabía donde vivía la familia del abuelo". Allí yo recordé que Matías le mostró una foto de su familia a Tessa, tomada frente a la casa paterna. Gustav debe haberla visto también.

Silvina continuó: "Él venía de Europa en duelo y muy triste después de haber perdido a la esposa y la hija, y me confió que su mente era un torbellino tremendo. Ubicó la casa de mis abuelos, pero dudó mucho antes de atreverse a golpear la puerta. Algo lo detenía. Por fin, el día en que se decidió y bajó del ómnibus resuelto a presentarse a saludar a su amigo, de lejos vio llegar un auto del que bajaron mis dos abuelos, riendo y felices. La abuela iba con una niña muy pequeña de la mano. Él se quedó helado. No esperaba ver a Tessa, o Adelheid, allí. Por fin, cuando desparecieron tras la puerta de la casa, se sentó en un café del otro lado de la calle, y por más de una hora aguardó a que alguien saliera. Ni sabía por qué, ni para qué, porque comprendió que Matias y Adelheid se habían casado y parecían felices. ¿Qué papel iba a hacer él presentándose? Finalmente se marchó, decidido a no alterar la vida de familia que era evidente habían armado juntos".

Silvina hizo una pausa y con los ojos llenos de lágrimas agregó: "Me dio tanta pena; me pareció tan triste este final, aunque me alegra el que los abuelos se unieron. Creo que el abuelo Gustavo pasó varios años duros cuando llegó a este país, tratando de recuperarse de los golpes que sufrió en Europa y luego acá".

A mí también me afectó la historia contada desde el punto de vista de Gustav, quien se encontró en una situación imposible después de perder a su familia y a la mujer que llegó a amar. Me conforta pensar que yo pude jugar un papel en la unión entre abuelo y nieta, a través de tantos años y de tan extraño fenómeno como el que me tocó vivir.

Silvina siguió en contacto con su abuelo, y por fin, padre e hija pasaron todo un día en la granja, donde conocieron a la esposa de Gustav, comieron un asado, cabalgaron y compartieron fotos y memorias de la familia.

Silvina volvió a visitarme después de ese domingo. Dice ella que el abuelo quiere conocerme, "Nos espera a todos para pasar el día, uno de estos fines de semana y va a preparar un gran asado porque la forma en que la abuela te hizo llegar esta historia es extraordinaria. Tenemos que ponernos de acuerdo, él está muy interesado en verte". "Yo también quiero conocerlo," le dije, "todavía no puedo entender cómo sucedió, pero al menos sí se por qué. Por qué tu abuela se comunicó de alguna forma conmigo y me acompañó todo ese tiempo mientras yo estaba tendida en una cama de hospital".

Y agregué muy conmovida: "Aunque esto no tenga explicación, me siento inmensamente feliz de haber sido el nexo entre ustedes tres". Silvina respondió con los ojos brillantes de lágrimas que peleaban por salir: "Y ahora también sos parte de nuestra familia, de alguna manera". Y me abrazó fuerte, por un rato largo.

Silvina me trajo de regalo una copia de la foto en sepia que Gustav guarda de una toma de Tessa y él. En ella Gustav tiene el brazo sobre los hombros de ella. Están sonriendo, con la Torre Eiffel de fondo. Se los ve jóvenes y felices. Me emocionó profundamente lo bonita que era Tessa, con aquella melena corta, teñida de oscuro, tan distinta a la rubia señora Adela Arostegui de la foto que cuelga en la casa de Silvina. Y lo buen mozo que era él, delgado, elegante y con una atractiva sonrisa.

"¡Esta es una de las dos instantáneas que se tomaron aquel día en París!", dije yo de inmediato.

"La otra estuvo siempre en casa," dijo Silvina, aprobando con una sonrisa feliz. "Aunque yo nunca supe su nombre, ni me acuerdo haber mirado la foto con interés hasta después de que te visité en el hospital".

Sonreímos, admiradas: "Es increíble que lo hayas tenido tan cerca sin saber quién era". Ella sacudió la cabeza. "Y pensar que todos estos años su foto estuvo en la biblioteca, esperando por mí", hizo una pausa y suspiró: "Estaba en un álbum viejo de fotos de la familia, que armaron los abuelos Matías y Adela allá por mil novecientos cuarenta y tantos".

**ISABEL GARCIA CINTAS** Nació en Córdoba, Argentina. Cursó sus estudios de periodismo y fotografía en Buenos Aires y vivió durante tres años en Melbourne, Australia. A su regreso se radicó en San Carlos de Bariloche, en el sur de la Argentina, donde trabajó en la prensa radial y escrita por una década. Se mudó con su familia a los Estados Unidos en 1987.

Ha participado en numerosos talleres literarios de UCLA and MDC, tanto en inglés como en castellano y ha recibido varias menciones y premios en diversos concursos de fotografía, novela y narrativa. Sus relatos han sido publicados en distintos medios del país. Como periodista independiente contribuye con la revista digital Letra Urbana.

Tiene publicadas dos novelas: **Del Mediterráneo al Plata**, **Incidente en la Patagonia** y un libro de cuentos cortos: **La casa vieja y otros relatos** Los dos primeros han sido traducidos al Inglés como **Incident in Patagonia** y **The Old House and Other Short Stories**.

Sus cuentos cortos y relatos figuran en tres antologías: *Poetas y Narradores del 2012*, editada por el Instituto de Cultura Peruana de Miami; *Los Mundos Posibles*, antología de obras premiadas por la Latin-American Intercultural Alliance de New York del mismo año y *Primera Antología Cáncer de Mama*, organizada en el año 2015 por la editorial Talento Comunicación de España.

Isabel reside con su esposo en Florida desde 2001.

Sitio web de la autora: www.isabelgarciacintas.com

# OTROS LIBROS DE LA AUTORA

**LA CASA VIEJA Y OTROS RELATOS**
**(The Old House and Other Short Stories)**
Selección de cuentos cortos

**Medalla de Oro**, Spanish Category
2016 Florida Book Awards
**Honorable Mention** 2016 International
Latino Book Awards

"Isabel posee la prodigiosa cualidad de tener oído muy fino para captar los diálogos en forma natural y transmitirlos en sus relatos. Esta habilidad pone al lector de lleno en las situaciones que viven los personajes y el ambiente donde ocurren, sin necesidad de explicaciones, como si uno estuviera ahí, escuchando de primera fuente. Este es un talento poco común y que eleva la prosa a una nueva dimensión, donde el sonido de las palabras es tan importante como su significado".

José Ignacio "Chascas" Valenzuela
Autor de *"Trilogía del Malamor"*, *"Mi abuela, la loca"*,

Amancay Ediciones – 175 págs.
www.Amazon.com

## INCIDENTE EN LA PATAGONIA
## (Incident in Patagonia)

Un incidente que cambia la vida de una mujer

English version Awarded Honorable Mention at the 2015 Latino Into Movies Awards organized by Latino Literacy Now, Los Angeles, CA - http://www.lbff.us

**Suspense or Mystery**
**HONORABLE MENTION**

Varios años después de la muerte de su autora en la cárcel, un manuscrito llega a las manos de una vieja amiga suya en Brooklyn, New York. En él Alicia Rivera, una periodista argentina, narra la riesgosa odisea en la que se embarcó en 1982, durante los últimos años del proceso militar, mientras trabajaba en la ciudad de Bariloche, motivada por la desaparición de su mejor amiga y colega en Buenos Aires a manos de anónimas fuerzas de seguridad. Así encuentra a una figura anónima que promete ayudarla.

Cuando Alicia acepta pagar el precio pedido para encontrar a su amiga, la experiencia la transformará para siempre y la llevará a un dramático final.

Editorial Amancay – 309 páginas
www.Amazon.com

# DEL MEDITERRANEO AL PLATA
## Historias de Familias

Finalista en el 2012 Dan Pointer's Global eBook Awards de Santa Bárbara, CA
www.globalebookawards.com

Las memorias de los abuelos y bisabuelos italianos y españoles de la autora, recopilada a través de años de investigación, en una novela que abarca desde fines del Siglo XIX hasta mediados del Siglo XX.

Conmovedoras historias de hombres y mujeres que, con valentía, cruzaron **Del Mediterráneo al Plata** en busca de un futuro mejor, en una época en que las distancias eran inmensas, las comunicaciones escasas y el regreso al país natal casi imposible.

Editorial Amancay – 525 páginas
www.Amazon.com

www.ingramcontent.com/pod-product-compliance
Lightning Source LLC
Chambersburg PA
CBHW050734250626
47155CB00005B/1779